# 寓教于乐

王学儒 著

黄河出版传媒集团
阳光出版社

**图书在版编目（CIP）数据**

育教于乐 / 王学儒著. -- 银川：阳光出版社，
2024.7. -- ISBN 978-7-5525-7385-5

Ⅰ. I267.1

中国国家版本馆CIP数据核字第2024TR9137号

## 育教于乐　　　　　　　　　　　王学儒　著

| | |
|---|---|
| 责任编辑 | 丁丽萍 |
| 封面设计 | 闫慧飞 |
| 责任印制 | 岳建宁 |

黄河出版传媒集团
阳　光　出　版　社　出版发行

| | |
|---|---|
| 出 版 人 | 薛文斌 |
| 地　　址 | 宁夏银川市北京东路139号出版大厦（750001） |
| 网　　址 | http://www.ygchbs.com |
| 网上书店 | http://shop129132959.taobao.com |
| 电子信箱 | yangguangchubanshe@163.com |
| 邮购电话 | 0951-5047283 |
| 经　　销 | 全国新华书店 |
| 印刷装订 | 河南印之林印刷包装有限公司 |
| 印刷委托书号 | （宁）0030183 |

| | |
|---|---|
| 开　　本 | 787mm×1092mm　1/16 |
| 印　　张 | 20.25 |
| 字　　数 | 241千字 |
| 版　　次 | 2024年7月第1版 |
| 印　　次 | 2024年7月第1次印刷 |
| 书　　号 | ISBN 978-7-5525-7385-5 |
| 定　　价 | 69.00元 |

# 序

我和学儒相识，是在漯河市郾城区作协举办的一次作家报告会上。作为郾城区作协副主席的他，文雅、谦恭。尽管作协主席李锐多次向我介绍过他的情况，但眼前的这位书生，与他作为校长的身份之间，似乎存在着较大的差距。然而，通过短时间的交谈，他给我留下了很深的印象。

后来，我应邀到郾城高中给同学们做励志报告和写作指导。本来学儒想把我安排在宾馆，但我要求吃住在校园里，他没有坚持特殊照顾我。

在与师生同吃同住的那段时间里，我对学儒和他带领下的郾城高中有了更深入的了解，他的质朴、亲和、细心和情怀让我十分敬佩，他的管理理念和实践经验让我深受感动，于是，我就想写篇文章把这样一位默默无闻的"乡村大先生"介绍给大家。

不想，他自己整理近六年的工作日记汇编成了一本书。这本书包含了120个小故事，展现出他的内心世界、情感体验以及管理智慧。当我读到"拽着睡懒觉的同学的耳朵说'快点，下雨了'时"，瞬时让我想起了小时候长辈在家里戏谑小懒虫的情景。

以人为本、以学生为中心、尊重学生差异和个性发展，关心教师生活，谋划学校发展等，质朴的语言记述了许多感人的细节，一篇篇故事，让我们感受到了一位用心、用情、用智慧做教育的乡村教育工作者的情怀。这本书语言特色明显，俚语、谚语、俗语散布其间，充满了浓浓的乡土气息，鸿爪雪泥、雅俗共赏、文白结合，让人读来酣畅淋漓。

在应对青春期叛逆、动力不足、手机控、吸烟、心理健康等问题时，学儒校长展现出了他的智慧和魄力。他注重培养学生的自律和责任感，通过引导和激励让学生认识自己的优点和潜力。他关心学生的心理健康，注重心理疏导和辅导，帮助学生走出困境并茁壮成长。

在规范制度和严格管理方面，学儒校长注重对教师的管理和引导。他尊重教师，关心教师的生活和工作。他注重激发教师的积极性和创造力，鼓励教师不断学习和进步。

作为一位校长，学儒对教育有着深厚的情怀。对学校充满感情，对教师充满真情，对学生充满关爱。他坚持以学生为中心的教育理念，注重培养学生的创新精神和实践能力。他认为：找准优点，每个学生都是天才。

他的思想有高度，语言有温度，行动有尺度。他善于发现问题并解决问题，善于倾听并理解学生的需求和想法，善于引导并激发学生的潜能和创造力。他注重与师生沟通交流并建立互信，营造和谐校园，使每个学生在学校都能感受到温暖和支持。这些特质使得他在郾城高中的管理上独树一帜，取得了显著的成果。

这本书为我们提供了一份宝贵的参考和借鉴。对于学校管理者来说，它是一本治校宝典，可以提供有益的启示和帮助，促进学校的发展和提高教育质量；对于班主任来说，它是一本带班参考手册，可以帮助班主任更好地管理班级和学生；对于家长来说，它是一位不可或缺的育人亲密助手，里面丰富的经验和智慧，能够很好地指导家长培养孩子；对于学生来说，它是一本个性化发展"秘籍"，可以使不同的学生从中汲取学习和成长的养分。

自然，郾城高中的亮点和特色，以及学儒校长的教育实践，有着浓厚的个性特点和类型局限，但在教育的广阔园地里，姹紫嫣红，各着一色，它以一种独特视角和教育生命体验，为广大教育工作者提供了有益经验。仁者见仁，智者见智，故事中有值得商榷的问题和需要优化的方法及细节，也希望读者们能够提出切实可行的意见和建议。


李春雷

李春雷，河北省成安县人，一级作家。中国作协全委会委员、中国报告文学学会副会长、河北省作协副主席。系中宣部确定的文化名家暨"四个一批人才"，享受国务院政府特殊津贴。主要作品有：散文集《那一年，我十八岁》，长篇报告文学《钢铁是这样炼成的》《宝山》《摇着轮椅上北大》等40余部、短篇报告文学《木棉花开》《夜宿棚花村》《朋友——习近平与贾大山交往纪事》等200余篇。曾获鲁迅文学奖（第三届和第七届）、中宣部"五个一工程"奖、徐迟报告文学奖（蝉联三届）等。李春雷是鲁迅文学奖历史上最年轻的报告文学作家，也是新世纪以来唯一两获鲁迅文学奖的作家，还是鲁迅文学奖历史上唯一以短篇报告文学作品获奖的作家，被称为"中国短篇报告文学之王"。

# 前 言

2018年3月1日，一纸调令，我从行政部门回归到已经脱离二十多年的教育行业，主管一所农村高中。

"咱们学校在市里属于三类高中，因为地处偏远的农村，所以生源不足，优秀学生几乎招不到，即便录取来了也留不住。咱们学校教师也一直缺编，因为每年招教结束，一些考入我校的年轻教师来到学校看了条件后，宁愿放弃编制来年再考，也不愿来这里'吃苦'。"行走在破败的校园里，听着副校长们的介绍，我的心情和脚步一样沉重。

先摸清情况后再说。抱着这种心态，我走遍了学校的角角落落，走进了每间教室，走访了老中青三分之一的教师，与几十个学生谈心交流。驻足在教学楼前"苦撑待变"的标语牌下，我脑海里浮现着一个个质朴敬业的教师面孔和无数无拘无束的孩子身影。难道这两千多学生里面，就没有一个可塑之才？将来就走不出一个行业翘楚？即使这三年没有，十年总会遇到吧。再说了，这么多学生，只要我们用心培养，即便将来他们考不了重点大学，培养他们的品德，让他们考入普通大学里，成为对社会有用的人，不也是我们的责任吗？

思路厘清了，方向明确了，我也找准了问题症结。

"牌打精气神，人靠一股劲！"这个学校目前缺少的不是好老师，也不是好苗子，是信心！于是，提振士气成了眼前的大事。在不同的座谈会上，班主任各谈管理策略、老教师纷纷提出建议、教研组长大谈教学改革，群策群力，各抒己见，思想统一了，激情点燃了。通过班子会研究，学校确立了"只要找准优点，每个孩子都是天才"的教育理念和"成人成才，人人成才"的办学方向。在春风的沐浴下，一个个调皮淘气叛逆的学生，在班主任的眼里变成了各有特长的苗子。这群过去让老师头疼的学生，如迎霜傲雪的腊梅，次第花开。

我也在育人的过程中，找到了乐趣，且乐此不疲。

在把过去六年记录的文字整理成册之后，我将它们发给了几位老友过目，真诚感谢刘德民和李松涛两位同志对每个篇章内容所作的精彩点评！

# 目　录

## 学校管理篇

# 学校发展篇

## 百年树人篇

# 教育情怀篇

# 创新尝试篇

# 白玉微瑕篇

# 学校管理篇

# 用诗育人

▼

　　11月的一天下午，我从外地学习回来，一进校园，就听说前天晚自习课间一名同学在教学楼前奔跑时，不小心把空地上的一个花盆撞坏了，等老师发现时，学生都已经进教室了。政教处值班老师问我需不需要找到这个学生，让他赔偿。我想，这本来也不是什么大事，而且这样大张旗鼓地寻找并不妥当，我们何不将此事作为一个教育学生的契机呢？

　　于是，我让校团委写了一则寻人启事，讲明这个同学是无意打破花盆的，学校也没想让其赔偿或者对其处罚，但他本人应该对自己的过失负责任，要敢于承认错误。没想到特别有才的团委书记接到任务后写了一首诗，午饭后贴在了教学楼前，让那名同学来跟花盆道个歉。

### 花盆的呼唤

嗨！某位同学，你好

你可曾记得

课间人多

你从我身旁匆匆走过

撞在了我的身上

不小心把我

——打破

或许你事情太多

没有顾得上扶我

留下我

独自在地上泪流啜啜

…………

你可曾记得

老师说过

犯错应该敢于担当

诚信是金

期待你真心改过

学校给你提供了一个机会

——将功补过

机会就在身侧

希望你好好把握

…………

　　启事一出，立即吸引了许多同学，大家纷纷围着观看这个既人性化又个性化的寻人启事。不到五分钟，一个男生就主动到政教处承认是他不小心打破了花盆，因为害怕，没有及时承认错误，现在愿意接受学校处罚。团委书记笑着肯定了他主动承认错误的态度和做法，并告诫他以后要积极向上，犯了错误要勇于担当。他承认错误后，主动提出利用课外活动时间给教学楼前的十多盆花浇水。

# 躬身"赔罪"

▼

高一军训前，教官是要进教室给同学们讲训练要求的。2023 年 8 月 22 日下午，我看到高一（1）班约二十名学生蹲在教室前的太阳下，他们班的班主任和其他几位班主任在相隔 10 米远的路旁树荫下望着这些学生。

我走过去问班主任这是咋了，班主任说可能是教官讲话时这些学生乱说话，多次制止也不听，教官在惩罚他们。我有点心疼学生，就对高一（1）班班主任说："太阳太毒了，孩子们刚来，简单惩罚一下就行了，时间不要太长。"几位班主任说教官比较严格，不允许班主任讲情。

我只好和班主任一起站在树荫下，看教官怎么处理。又过了几分钟，有些孩子头上已经流汗了，我更加心疼他们，想过去提醒教官，又觉得不妥。就这样又过了两三分钟，但教官仍然没有让他们回教室。我便走到高一（1）班教室门口，见教官正在给学生讲训练规范，我也不便打扰他，就一直盯着教官。他其实也看到我站在门口，故意不看我，我就这样盯着他看了有五分钟，同时扫了几眼太阳下蹲着的学生。

我心里想，教官都会有一套独特的训练方式方法，他们是很反感其他人指手画脚的，因此我一直憋着没说什么。可是，看着这些孩子蹲在火辣辣的太阳下炙烤着，汗流浃背，我的心在煎熬，他们能否扛得住 35 度以上的高温？于是，我就像一个溺爱孩子的家长，试图保护孩子，想给教官求情。但我也知道这样做不合适，就只好站在教室门口，站在教官和孩子们中间，一会儿看一下在教室里讲话的教官，用祈求的目光请他开恩，原谅孩子一次。教官故意无视我的存在，继续讲他的要求。我再用恼怒的眼神扫视着蹲在太阳下的学生，好像在说，谁让你们不听话的，看把你们晒的。

　　眼看这样不起作用，我就走到学生们后面，站在离他们两三米远的正对教室门口的地方，好让教官看到，就这样在太阳下直直地望着教室里面的教官。站在无情的太阳下，一会儿汗就湿透了我的衣服，但我仍一动不动地站着。

　　教官终于出来了，他看看我，好像埋怨我不该给这些学生讲情，又觉得不能让我晒的时间太久，看在校长"赔罪"的分上，就只好批评了学生几句，又主动搀起蹲得最累的那位胖同学，扶着他进了教室。

# 教育家长

▼

京广铁路商桥镇路段的涵洞太小，只能单向通行，而涵洞正好在学校大门北边不足 1000 米处。为了避免家长堵车，每两周一次的大休，我们都要很认真地考虑如何对待，比如把各年级离校时间错开，给班主任和党员教师排班，安排在学校主干道大门口、涵洞口等处值班等，就这样还有可能因特殊情况（涵洞内出现小交通事故、过大车、有积水等）造成拥堵。

有一年夏天，那是高一年级新生入学后的第一次大休，我到学校大门口查看家长接学生的情况，正好看到两个家长在吵架。我过去问是咋回事，原来是一个家长停车时与另一个在倒车的家长发生了剐蹭，一个想让赔 100 元，一个认为剐蹭得很轻微，想赔偿 50 元或者不赔偿，两个人不认识，相互争吵，一会儿便引来其他家长围观。

听了他们各自的叙述，我又看了一下剐蹭情况，便上前劝解，我说："你们两个先别吵，我看剐蹭得不太严重，这种情况就是交警来了也算是小事故，搁不住吵架。现在学校门口人多车多，都不是故意的，大家要相互理解谦让。"我又笑着说："你们两个在这儿为了 50 元吵得脸红脖子粗，也许你们两家的孩子在学校里正在逗着玩儿呢，可能他们还是一个班的好朋友呢。再说了，将来他们都考入哪个大学了，既是老乡又是同学，亲得不得了，想想两个家长曾经为了 50 元吵过架，他们还觉得丢人呢？"

　　说得两个家长低下了头，但被剐蹭的家长仍然不乐意，问："那照你说我的车就白蹭了？"我说人家已经答应赔你50元了，回去打个蜡就行了。如果你嫌吃亏，我再给你50元，你好意思要吗？

　　他本来想说我为啥不要，可是刚张嘴说了一半，就被旁边的一个家长打断了，说："人家校长都这样说了，你就收下这50吧。"他一听我是校长，也不好意思要了，而另一位家长赶紧掏出钱边道歉边往他手里塞。

　　我笑着走开了。

# 我最烦王校长心软

▼

一天晚上，寝室管理员半夜查寝时，发现高一年级3班的一个男生在被窝儿里偷偷玩手机，就当场没收了。第二天下午，区里某局一位副局长给我打电话，说她侄儿在学校玩手机被抓住了，老师让学生回家反省，现在她哥嫂正在学校里，让我跟老师通融通融。

我听后给她解释，我们学校一直要求学生不能把手机带进寝室，作为新生，他是第一个违纪的，我认为不应该为他说情，应该让他有敬畏之心。她在电话那头一个劲儿地解释，说孩子是第一次，不知道学校的规定等等，希望对孩子网开一面，也希望给她个面子。

我接听着她的电话走出政教处，看到高一（3）班门前两个家长正在和班主任交涉，旁边站着学生，我就有点反感。作为家长，平时在家溺爱孩子，不敢管教孩子，到学校了还在心疼孩子，袒护孩子。可是他们不知道，过去正是因为没有选对教育方法，才把孩子惯成这样，如果继续纵容，是会毁了孩子的。所以我加重语气说："我看到家长了，这样当着学生的面找老师说情是不合适的，给学生的暗示是他即便违纪也有家长罩着。这样孩子是不会把违纪当成教训，不会当回事的。如果怕孩子回家耽误学习，可以让家长来学校陪读两天，让学生为自己的过错承担后果。"

这位领导了解了情况后，对学校的做法表示理解。我看着家长接了个电话后不高兴地离开了。

一会儿，班主任来到我身边说："王校长，刚才家长当着我和学生的面打电话，让领导给你说情，我就很担心。其实我很烦你心软，你一心软让学生留下了，我们在班里管理就难，学生都看着呢，这个违纪不处理，其他的学生就会漠视纪律。"

我听了班主任的话也深有感触，我常说："我们学校是培养学生的，不是开除学生的。如果连我们都教不好学生，把他推到社会上，我们会放心吗？"不过，对待讲情，我也会因情况而定，是有分寸的。我坚持的一点就是，只要对学生好，哪样的教育方式都行。

半个小时后，家长转了一圈不甘心，又来磨蹭我，讨价还价似的问我孩子回家反省一天行不行？我又跟家长商量，如果怕孩子回家影响学习，可以变个方式，家长来学校陪读两天，看看孩子在学校的状态，比较一下其他孩子的学习状态。家长犹豫了一阵，也许是他们真的忙，也许是顾忌面子，他们还是愿意把孩子带回家反省。后来，这个学生按照学校的规定，回家反省了一周。

几天后班主任给我道歉："那天我说烦你心软，可能是误解你了，其实我没有恶意，但是也不该那样说。现在我理解你了，你的心软与家长的溺爱不同，你是真的从关心孩子、教育孩子的角度考虑，有些家长可能理解不了你，有时对学生严厉，有时对学生包容，你是针对不同的孩子、不同的家庭，用不同的方法处置的，你这是一种大爱！"

# 把开除权交给家长

▼

每天吃住在学校，我的习惯是转教学楼，分别是早读时间、早饭后、午饭前、晚饭后，以及晚自习放学前二十分钟，这些时间节点是学生最容易浮躁的。不一定每天都是五遍，也不一定每天都是我转，我外出学习或者开会不在学校时，由分管年级的副校长和级主任转。

有一天晚饭后我转到高二年级的一个班时，发现坐在后排的一个学生腿上搭着衣服，手放在腿上低头"看书"，我走过去请他站起来，他不但不站起来，反而双腿用力抵着课桌，我伸着手说你把手机给我。他说他没有手机，仍旧坐着不动。

我说你知道上公交车故意在胳膊上搭着衣服的人是干啥的吗？他周围的同学笑着说"小偷"，我说："对，他是怕被人看见他的动作。你腿上搭着衣服，是不是也是怕老师看见你在玩手机？"停了一会儿，我又说，"你把手机给我，给我写个保证书吧。"他仍然一动不动地坐着，我便给他的班主任打电话。

班主任过来以后，一看是他，说："这个学生叫张越（化名），已经收了他几个手机了，可是家长也不管不问，打电话也不见我，真拿他没办法。"说着，班主任把他的衣服拉出来，下面真的有一部手机，手机上的游戏还没有来得及关掉。

我把班主任叫到办公室教他处理方法，你打电话让家长来，不来可以给他发信息，就说他的孩子违纪校长要见他。这边先把这个学生的课桌、凳子收到办公室。

孩子的父亲总算把孩子带回家了，班主任让他见我，他说不见，就直接回去了。第三天中午，我接到一个陌生电话，他说他是张越的爸爸，孩子在家已经两天了，要把孩子送学校来。我问他孩子认识到错误没有？改了没有？他说反正这个孩子他也管不了，送到学校让老师管吧。听了这话，我感觉这个家长太不负责任了。我说你作为家长都管不了，我们学校咋管？他蛮不讲理地说："学校咋管都行，打骂都可以，反正下午我就送过去。"

我听了以后就说："这样吧，下午两点半我们在区法院东边的文具店门口见面，因为我三点半要到局里开会（教育局就在文具店附近）。"

两点半我们准时见面了，见面后他很客气地问我是不是在这附近住，我点头后他又套近乎说他离这儿也不远。然后他主动对我说，他离婚后孩子顾不上管，所以习惯不好，他还要出去打工，明天的车票都买好了，他让我把孩子带学校去，咋教育让我看着办吧。

听了他的话，我真是感到无语。平复一下我的情绪，我耐心给他讲孩子的教育，家长的责任，可他一句也听不进去，就是催着让我把孩子带走。我看实在没法跟他沟通，就生气地说："你一直强调没时间管他，你跟他沟通过吗？你可以在这儿跟我拧一个小时让我带他走，可你连一点儿耐心都没有，你跟他谈话超过半小时的有没有？孩子不听管教，家长又不配合的，学生我们可以开除，你可以去法院咨询一下政策。"

看着孩子遇到这样的家长我也觉得很可怜，我又对家长好言好语地说："这样吧，我也不说开除他，我们加个微信，从今天开始，你回去监督他每天记五个英语单词，写在本上，这不难吧？"他点头说不难，我接着说，"你每天把他写单词、背单词的状况拍两张照片发给我，坚持两天可以吧？"他点点头，我加重语气说，"如果连一天背、记五个单词都做不到，你就不要联系我了。"

回去以后，我一直记挂这个孩子，第二天他的爸爸没有给我发任何信息，第三天仍然没有给我发，我实在憋不住了，在微信里问他"孩子写单词、背单词的照片咋没有发给我？"他没有任何回音。又过了两天，我又在微信里问他"孩子学习单词的照片拍了没有？"他仍旧不理我。

从那以后，他一直没有理我。不知道他是否带着孩子打工去了，他自己把他的孩子"开除"了。

# "俺的孩子没吸烟"

▼

2018年3月，我从行政部门转到教育行业，许多地方都是陌生的，都需要学习，尤其是在学校管理方面。听说衡水中学每年10月都举行学校管理年会，我便和两位副校长带着教导主任一起去学习。

因为是各学校领导一起沟通交流，所以，参会期间我将手机调成了静音模式。第二天中午发现有一条短信，我打开一看，是高一年级的一位班主任一直打我电话，但没人接，于是发了条信息。他说有急事，我忙给他回电话。

电话接通后，他说："我班有个叫武子昂（化名）的学生，家长说是通过你介绍过来的。昨天晚上寝室管理员发现武子昂和几个同学吸烟，别的同学都认错回家反省去了，他家长胡搅蛮缠，说他孩子从不吸烟，说我冤枉他了，让我给他孩子道歉，不然不让我出办公室，我到现在还没吃午饭呢，他们霸道地不让我出门。"

我一看时间已经快下午一点了，非常生气。武子昂这个学生我知道，是两位领导给我介绍来借读的（当时的政策允许借读）。我让班主任把手机递给武子昂的家长听，我很不客气地问他是不是武子昂的家长，他说是。我说你们咋来上的学你记得不记得？然后我说了一下给我介绍的两位领导的名字，他说是。

我接着说："当时入校时我说过，你们找多大的官儿，给多大的面子，但孩子违纪后，也会丢多大的人，我现在给两位领导打电话，让他们知道你的孩子在学校的表现，让他们来把你的孩子接回家反省。"他马上打断我的话说："俺的孩子没有吸烟，是他们冤枉俺的。"

我说："好，我问你你的孩子没有吸烟，人家咋会逮住他吸烟？"他说是其他孩子硬塞他嘴里的。我说你把这个情况写下来，写清是哪个孩子硬塞的，写好后，你的孩子没事了，我通知派出所的"拘留"那个"欺负"你家孩子的人。

他一听立即说："算了，算了，是俺家孩子淘气，我现在带他回家反省。"

我严厉地说："你现在带他回去晚了！你不但要给班主任道歉，还得警告你的孩子，这样下去不但学校容不下他，将来到了社会上，他也是会吃亏的。另外，今天的情况，我一定会反馈给你们认识的两位领导，或者一会儿让他们来接你们回去吧。"

他一听，忙不迭地说："我们错了，不要告诉领导了，我们现在就道歉，回去一定严管孩子，马上回去反省。"

我历来主张，对这类不讲道理、胡搅蛮缠的家长，就应该让他"丢丢人，红红脸，出出汗"，打掉他和学生的"特权思想"，才能教育好孩子，维护学校教书育人的良好风气！

# 我给学生写保证书

▼

魏莱（化名）是个很特殊的学生。她上初中时学习成绩很差，她的父母怕她连我们学校都考不上，就带着她来找我，问怎么样才能到我们学校就读。

那是5月的一个上午，我正在教学楼前的树荫下看书，接到一个陌生电话，说是经熟人介绍，他们慕名而来，已经到学校大门口了，想请我告诉门卫，让他们进学校。

一会儿工夫，一家三口便来到我面前，她妈妈指着身边那个腼腆的女孩说："俺闺女就想到你们学校来上高中，如果考不上我们能不能来借读？"因为这几年中招政策的变化，我告诉她考不上谁都不能借读，她说她愿意给学校捐钱，我说捐钱也上不了。

我请他们坐下后，详细了解了孩子的学习情况后告诉他们，凭孩子现在的成绩很难考入我们学校。不过从现在开始拼一下，成绩再提高50多分，还是有希望考上我们学校的。我又鼓励魏莱要对自己有信心，初中的课程相对比较容易，现在开始从基础复习，稳步走，紧扣教材，哪些不会就大胆地问老师。我又分学科给她讲了学习方法，还给她讲了不同学科的学习技巧，重点讲英语比较容易，找对方法学起来进步很快，数学要紧扣教材，历史要会归纳总结。一家人非常满意地离开了，表示回去一定刻苦努力。

中招录取那天，她妈妈连着打了几个电话询问魏莱被录取了没有，等到结果出来后，我和他们同时查到，魏莱压着录取线被我校录取。他们一家都很开心，我告诉他们魏莱的初中基础知识还不扎实，趁着暑假按我教的方法再复习一遍。到了高中知识变难了，要更加努力。

之后，家长对她的学习十分上心，她自己也很勤奋。我告诉她要抓好平时的练习，每次考试给自己定个目标，争取要么前进名次，要么提高一定分数，只要不断进步，一定能考入理想的大学。她果然不负所望，成绩一直在进步，到高二暑假前已经冲进了全年级前100名，家长也经常为班上做公益。

可是有一天，魏莱突然来到我的办公室，哭着说："王校长，你替我写个保证书吧。"一句话弄得我莫名其妙。经过询问我才知道，以她现在的程度只能考个二本，但她想学美术，通过艺术考试考个更好的大学。而她的父母怕她学艺术会耽误文化课，到时连本科也考不上，所以，为了保险起见不同意她学艺术。就这样她与父母发生了矛盾，这才哭着让我给她担保，她保证艺术好好学，文化课也不落下，请我跟她父母做个担保。

我听了她的讲述，又问她有没有信心，能不能吃苦，她很坚定地向我保证，一定不会辜负我的期望。我打电话专门请教了美术方面的老师朋友，他们说只要孩子有天赋、肯吃苦、用心学，考个一本或者更好的学校没问题。我这才心里有数了，于是，我让她通知她父母来学校，我们一起商量她学艺术的事情。

第二天，在我的办公室里，魏莱当着我的面给她父母说了她的想法，并向我和她父母保证要在以后的时间里努力拼搏，决不辜负我们对她的期望。我也说了我了解到的情况和我的看法，我认为就魏莱的基础和现在的情况，她考二本已经是"天花板"了，想考一本或者更好的学校，只能走艺术这条"捷径"了。不过我也提醒魏莱，文化课是千万不能落下的，即便艺术学的时间短有个闪失，文化课也还能考本科。我也宽慰她父母，只要她肯吃苦，肯学习，说不定学艺术还能调节她学文化课的心情，文化课也有提升呢。

她父母还是有些顾虑，魏莱就恳求我为她写个保证书。我只得第一次为一个学生向她的父母写下了保证书。"我保证监督、激励魏莱学好艺术课，学好文化课，力争考一所一本或者更好的大学。"我郑重地签上我的名字。其实，我也没有百分之百的把握。

谢天谢地！2023年高考揭榜，魏莱同学被一所一本大学录取了。

# 换班干部

▼

我担任高二班主任时，袁航硕（化名）是我们班的班长，这个学生在班上工作挺积极，可就是学习成绩一直在中上等浮动，与我和家长的期望有一定距离。家长怕他当班干部影响学习，私下多次与我沟通想让我换掉他，但又怕他知道后生气与家长对着干，于是，就请我想想办法。

经过一段时间的观察，我发现他成绩上不去还真是另有原因，他的思想跑毛了。

我发现他经常给一个女同学写纸条，找到症结后我找他谈心，让他把心收回来，集中精力搞好学习，并提醒他以后可以相互激励，不能相互影响。我还告诉他我想让他辞掉班长，这样就有更多的时间投入学习。看他不太乐意，我说："这样吧，给你一个月的时间，如果下次月考有了大的进步，你就继续当班长，如果不能提高，我就在班上任命新的班长。"

在接下来的日子里，我看他没有变化，一个月后，他的月考成绩还是没有起色，我就在班会上说："袁航硕同学多次申请辞掉班干部，想要在学习上赶一赶，我经过认真考虑，同意了他的申请，希望同学们多帮助他的学习，也感谢他为班上所作的贡献。"

在同学们的掌声中，他"被"辞掉了班长。此后，他真的端正了学习态度，沉下心刻苦学习，也不再给那个女同学写纸条了，成绩也慢慢进步了。

毕业后，我收到他给我写的信："感谢您对我的良苦用心！感谢您及时叫醒了我！您永远是我的恩师！"

# 用事实教育

▼

8月21日，有个熟人的孩子考入了我们学校，他想把孩子分到严一点的班主任班里（一个学校几十个班主任，在班级管理技巧和经验上是有些差别的），还想让他孩子的同学也与他的孩子分到一个班，并且要求住一个寝室。我跟家长说年级主任已经把班分好了，寝室也分好了，再调不合适，他说孩子一直在家哭闹，孩子心里也很烦。

看他一个劲儿地打电话，见拗不过他们，我只好说，等报到时我见见这两个孩子吧。

高一年级报到那天，他带着两个孩子来到我办公室，落座后，我先问两个孩子假期在家的学习情况，然后我分别问了一下两个孩子的中招分数，熟人的孩子说得很干脆，跟几天前发给我的一样，和他同来的那个孩子说他考了572分，也跟几天前发给我的一样。我让他们到我身边，一起在学生花名册上找他们的名字，花名册后面都连着分数和学籍号。朋友的孩子一下子就找到了自己的名字，那个同学把572分同分数的十多个学生找了一遍，没有他的名字，又找一遍还是没有。我说你好好想想到底考了多少分？他想了一下，说是记错了，应该是536分，我们又在536分里找，还是没有他的名字。我说你再想一下到底多少分，他说可能是535分，这下我们找到了他的名字。

我说你自己考的分数你都记不清楚？你为什么两次都说错？为什

么不把自己的分数少说，而要多说？他羞愧地低下了头。我看着这个孩子说："其实我已经查找了六遍你的分数，一直没有查到你的名字。如果你说的准确，我是很容易查到的。做人要诚实，这会影响别人对你的看法。"我又盯着朋友的孩子说："这下你知道为什么没有把你们分到一个班了吧？！"接着我又给他们讲了朋友之间相处的道理和应把握的分寸。

最后，我问他们现在还要不要非得分在同一个班、同一个寝室？他们两个都不再坚持了。

后来，那个熟人打电话说："你做事真是认真，方法也好，让他们心服口服，这对俺的孩子也是一次教育。"

# 你赔我的孩子

▼

班主任的性格不同，班级管理风格也就不一样。有的脾气暴躁，对学生太严格，我就引导他严管是一方面，更多的是要厚爱；有的班主任太内向柔弱，学生不害怕，甚至个别家长也对他不尊重，我就教他如何维护老师的尊严。

几年前的一天，我从外地学习回来，一进校园就听说一个班主任被他班的一个家长逼得没办法，连上课都受到了影响。更可气的是，家长甚至在学校大门口指桑骂槐，他只敢生闷气，不敢说什么。

这个班主任我知道，本身就嘴笨，又善良好说话，平时在学生面前就没什么威严。有几次我听到他给违纪学生家长打电话，家长在电话里埋怨他，甚至指责他，他只会一个劲儿地跟人家解释。我看他打半天电话也解决不了问题，在旁边干着急，也帮不上忙。

这次是他们班一个叫张强（化名）的男生，平时在家他爸就管不了，最近又不想上学了，他爸只能给他说好话哄他上学。两天前张强给他爸打电话，说是学不会不想上学了。他爸到学校后劝他好赖混到高中毕业，毕业就给他盖房子娶媳妇，可他一天也不想待在学校，父子俩在操场上大吵了一架，他爸气得直接走了。

可是，孩子和他爸吵了以后，可能是受了刺激，晚上不知道什么时候、通过什么办法出了学校。班主任打电话问他家长时，家长说没回去。而班上与张强玩得好的学生说，张强在 QQ 里告诉他，他去他姑家了。不知道家长是生气班主任没有"看好"孩子，还是没有"教好"孩子，非要让班主任交出他的孩子不可，说是班主任把他的孩子弄丢了。

我听了以后对这样的家长很气愤，随口说："啥样的家长教出啥样的孩子。"我去找那个与张强聊天的学生，开始他以为我查他违纪拿手机，不敢承认。我说我不批评你违纪拿手机，手机本身没错，用得好了是学习的工具，今天主要是从安全的角度考虑，想尽快找到张强，让他回来上学，这样对张强好，对他的家庭好，对班主任也好。

他勉强让我看了他和张强同学的 QQ 聊天记录，并告诉我，张强是说在他姑家，并且手机 QQ 也一直上着线。

我心里有数了，就给学生家长打电话，他气呼呼地问我是谁，我说我是校长。接着我很不客气地说："学生在家是你的孩子，可是在学校是我的孩子，你凭什么不经过我的允许，来学校训斥我的孩子？训斥后他就不见了，这难道跟你没有关系？现在我怀疑你那天是专门把他弄走藏起来了，然后再敲诈学校。我现在就报警，带你去派出所交代清楚（我故意吓他）。"说完我挂断了电话，他立即打过来解释说，他真的不知道孩子在哪儿，我说你一会儿跟公安解释去，孩子丢失，派出所是要备案的。他又急着说孩子在他姑家，他去接张强，可他不回家，让他上学他也不愿去学校。

我批评他说："你知道孩子在哪儿，为什么还要为难班主任，班主任天天为你家孩子操心，你这样做不愧对班主任吗？"他叹口气说："唉！俺孩子天天在家抱怨老师这不好，那不好，我是生这个老师的气，请你原谅。"

📖 按语

## 学校管理智慧：育人、沟通与教育的艺术

学校管理，既是一门科学，也是一门艺术。它涵盖了多个方面，包括教学管理、学生管理、家长沟通，以及与社会因素的互动等。在前文中，我们可以领略到校长在学校管理的不同方面所面临的挑战，以及应对这些挑战所需的智慧。

苏霍姆林斯基曾说："教育的技巧在于教师如何运用理解的智慧，去倾听学生的声音。"以理解化解矛盾，用温情传递教育。《用诗育人》讲述的是学校日常发生的一个很小的突发事件，在别人看来可能是个微不足道，甚至不值一提的小事，校长却能发现其中的育人契机，团委书记运用诗意的语言和人性化的处理方式，使之变得轻松愉快。管理者运用诗歌这种非常别致的寻人启事方式，巧妙地引导学生勇于承认错误，做有担当的人，这种处理方式既避免了对学生造成不必要的伤害，又达到了教育的效果。

《躬身"赔罪"》面对军训中教官与学生之间的冲突，他既了解教官严格训练的必要性，同时也理解学生对这种严格训练的不适应。他没有直接干预教官的处理方式，也没有袒护学生，而是选择站在学生和教官之间，以一个调解者的身份出现。在处理问题时，校长展现出了他的智慧和温情，用躬身"赔罪"的方式暗示教官，对高一年级的新生要适当宽容、留有余地。他用自己的方式，巧妙

地平衡了两者之间的关系。这种处理方式，既没有冒犯教官的权威，也没有忽视学生的感受；既维护了教官的尊严，也保护了学生，达到了此时无声胜有声的效果。

《我最烦王校长心软》展示了施教者在教育过程中，如何做到纪律和爱心之间的微妙平衡，突出了学校领导在处理违纪学生时的智慧和决断。校长的处理方式，实际上是在维护学校的纪律和规则，也是在引导学生学会对自己的行为负责。他拒绝讲情，是出于对学校规则的尊重，也是出于对学生个体差异采取的不同策略。他提出的替代方案，既考虑到了对学生应采取的正确教育方法，也考虑到了家长的实际情况。这种处理方式，既体现了他的教育智慧，也体现了他的教育大爱。一个优秀的教育者应该具备的品质：既要有固守的原则，也要有灵活的变通；既要有严格的纪律意识，也要有对学生的慈心关爱。只有这样，才能真正做到因材施教，才能真正培养出优秀的学生。

《你赔我的孩子》这个故事向读者暗示的是：对于那些脾气暴躁、对学生过于严厉的班主任，学校管理者需要引导他们理解"严管"的同时，更要注重"厚爱"。这种管理策略的转变，既有利于学生的身心健康，也有利于提高教育质量。对于那些性格内向、管理风格过于柔和的班主任，学校管理者需要帮助他们建立和维护尊严。当他们受到家长的质疑且不被尊重时，管理者需要帮助他们学会如何维护权益。这并不是要求他们必须变得强硬，而是要让他们学会在坚持原则的同时，维护尊严。在这个故事中，有一个重要的角色——校长。他首先通过电话与家长沟通，直接指出家长在教育孩子方面存在的问题，巧妙揭穿家长的谎言，让家长无话可说，只得配合学校的管理。校长以自己的智慧和果断，成功地解决了家长的"无理取闹"。这种策略既避免了可能发生的家校冲突，又达到了解决问题、教育家长、惠及学生的目的。

以上几个小故事，展现了学校管理的复杂性、多元性以及技巧性。它让我们深刻地认识到，有效的学校管理需要综合考虑各种因素，包括学生、家长、教师以及学校的环境。而学校管理的智慧，正是源于对整体的宏观把控和科学分析，源于对每一个个体的深入理解和有效应对。捷克教育家夸美纽斯曾说："我们应该小心谨慎地采取一些惩罚，但是一定要使它们成为我们在教导儿童时所用的有力的工具。"在应对学校管理的困难和挑战时，我们需要不断地学习和思考，以寻找最合适的管理策略和方法。

# 您能改变孩子的命运

▼

2020 年新学期开学没几天，一位媒体朋友打来电话，说他亲戚家的孩子没有考上我们学校，想来借读。我给他介绍了现在的招生政策，说不能借读，但他非得要我见见学生，说是已经在学校大门口了。没办法，我只好到大门口去见他们。

我过去时，见他和孩子的母亲带着一个女生，孩子的母亲手里还提着一提茶叶，正在校门口焦急地等着。学生是一个很清秀的女孩，个子高高的。由于各种原因，我笑着说，不好意思，咱们就在这儿聊吧。

我简单地了解了学生的学习情况，知道她偏科严重，今年中招成绩不太理想，现在一所中专学校上学。我讲了今年严禁借读的政策，又给她讲了几科的学习方法，鼓励她踏实学习，稳住步不用急，只要坚持下去，在哪儿都能学好。当然，最后我婉拒了他们。

一个月后的一天下午，大概四点，一个中年妇女在教学楼前拦住我，她流着泪说："王校长，您不记得我了吧，我是赵媛圆（化名）的母亲，那天在校门口带着孩子见过您。回去后孩子一直说要到您学校上学，她说您能改变她的命运。她整天也按照您给她说的方法努力学习，但她整天都不开心，天天哭着让我求求您，给她个机会，不然她就要辍学了。"听着她恳切的话语，看她说着还在不停地抹眼泪，我当时就被她破防了。但我又很为难地说："明天你带她来吧，我再鼓励鼓励她。"

第二天早上六点多，她们就给我打电话，说已经到学校大门口了，她们来到我办公室后，我问了一下赵媛圆近期的学习情况，她说一直按照我说的方法边认真学习高中课程，边补缺初中的漏洞。我说这很好啊，要坚持住。她说感觉那里学习氛围不够，而她的目标是一所理想的本科院校，这样下去很难实现。说着，她用期盼的目光望着我说："校长，您给我个机会吧，我知道您能改变我的命运。"我犹豫了一会儿，通知几位副校长和高一年级主任到我办公室，对大家说："这是个有梦想的孩子，她非常渴望来咱们学校学习，大家看能否给她个机会？如果可以，大家给她提些建议。"孩子母亲又代表孩子恳求大家，表示绝对不会违纪。

经过大家商量，正好高一一个学生请了一个月病假，提议让她先去那个教室听一个月课。我当着大家的面对赵媛圆说："大家都愿意给你个机会，你要珍惜，以你现在的成绩为参考，如果以后每次考试不能前进50名或者提高50分，就视为倒退，你就回你原来的学校，能做到你就留下来。"她很坚定地点点头，母女俩一再说着感激的话。

转眼三年过去了，她的班主任每次考试后都给我汇报赵媛圆的学习情况，她一直很努力，一直在进步。在学校的各种活动中，她还经常做主持人。学校拍毕业照时，她专门跑到我跟前打招呼，我问她今年高考能不能考入自己向往的本科院校，她腼腆一笑，很自信地说："绝对没问题！"

如今，她已经在省内一所一本大学就读。

# 我不走，校长对我们可好了

▼

　　我记住董旭（化名）这个原本普通的学生，是因为一次"转学风波"。她的父母非让她转学去另一所重点高中就读，她却一再拒绝，哭着对父母说："我不走，校长对我们可好了……"她才来学校一个多月，竟然对学校如此情深。

　　那是十一假期后的一天下午，上课前高一（6）班班主任找到我说，他们班一个学生要转走。我就很吃惊地问他为什么？这个学生在班上排名咋样？

　　其实，学生转学本来是一件很平常的事情，没必要专门请示校长。可是，对我们学校却不一样，尤其是对今年的郾城高中更是具有特殊的意义。

　　我们学校是一所建校五十多年的老牌学校，又是漯河市硕果仅存的一所农村普通高中。曾经有过辉煌的办学历史，但也有过低谷。尤其是五年前由于招生政策、地理位置、办学理念的原因，学校一度招不来学生，几乎到了撤校的边缘。这几年刚刚恢复元气，正处于上升爬坡阶段。因此，学校经不起任何"风浪"。

　　一个学生转学就让我感到"风浪"渐进，想起"蝴蝶效应"，是因为前几年落入低谷的一半原因就是学生择校转学。

　　每年十一前后，我们学校排名靠前的 200 名学生就会以各种理由转入城区的学校或者重点高中——致使老师教着没劲，学生学着没劲，形不成好的教风和学风，培养不出优秀毕业生，学校口碑日下，陷入恶性循环。

这几年国家提出教育均衡发展，市里出台科学的分配生源政策和严格的禁止借读政策，有力地保护了我们这些弱势学校，给了我们老师用武之地，这才呈现出良好的发展局面。

我不敢怠慢，立即去教务处见这个"打算转学的学生"。教务处坐着的是学生的父母，班主任介绍说我们校长想见你们，他俩忙站起来，像做错了事的学生，一个劲儿地给我道歉。我示意他们坐下，开门见山地说："我想听听你们为什么要把孩子转走，如果我们学校哪里做的不到位，我们可以改正。但我只想听听实话，因为你们要执意转学我是拦不住的，而说假话我是能听出来的，那样反而没意思。"

见我这么直爽，他们也不好意思隐瞒，吞吐着说："也是朋友介绍说那个学校比这里好，我们也希望孩子将来能考个好大学。"

我听到他们这样说，感觉家长也是明事理的人，就说："那就请你们耐心听我分析一下。那所重点高中，教学质量确实比我们好，也培养出考入全国顶尖大学的学生。但是考入全国顶尖大学的，他那个学校一年也就一两个，是全校前20名的学生，而董旭在我们学校排名都400名以后，在全市8000名以后，你们说她到那里能否考入全国顶尖学校？她能否跟上重点高中的教学节奏？她会不会有压力？假如她跟不上泄气了怎么办？"

我一连串的问题，问得他们夫妻俩对看了一眼，又疑惑地问我："那你说咋办？我们——"他们欲言又止。

我接着说："你家孩子现在的问题是如何养成好的习惯，跟上学校的进度和节奏，慢慢进步，将来考入一所本科院校。"他们点点头，我继续说，"现在你们面临的问题是，那边交了费用咋办？熟人或者领导帮忙了你们不去咋好意思给他说？"他们又点点头，表示认可。

"其实这两个问题都不是问题，你们交过的学费，如果学生不去上，他们肯定会如数退还。再就是见了给你们帮忙的领导，就说孩子不想去，郾城高中的校长说认识您，他说以后把孩子当成您的亲戚培养。"这样你们省了钱，领导听了还会高兴。

顿了顿，我又诚恳地说："这都不是关键，最重要的是孩子愿意不愿意去那里上。"

他俩听了高兴地用力点点头，我扭脸看看班主任，他会意地转身到隔壁政教处，把在那里等着的董旭叫了过来。孩子一见她的爸妈，就抱着妈妈哭了起来，哭着说："我不走，这儿校长对我们可好了，经常给我们讲道理；老师对我也可好了，我问他们题，都给我讲得可认真了；同学们对我也可好了。"

董旭哭着诉说着，她的妈妈也哭了，我也被感动了。

我说："孩子这么喜欢这个学校，你们为啥要抹杀她的快乐呢？去吧，赶紧去退费吧。"站起身后，我又说，"我也会把董旭当成我亲戚家的孩子，你们放心，大家一起把她培养成优秀的本科生！"

看到这种情况，家长也放心地一再道谢着离开了。半个多小时后，孩子的妈妈打电话说，真跟我说的一样，费用退回来了。接着她还说要请我吃饭，我说孩子交给我们，你们放心吧。

董旭很懂礼貌，每次见到我都会笑着热情地打招呼问好，我也一直关注着她，几乎每周班级表扬的白板上都有她的名字，学习也一直在进步，有一次她还考了班级单科第一呢。

# 转学

▼

我们学校经常有学生想转学，一是因为我们管理严，更重要的原因是我们离城区远，周边没有网吧、游戏厅、超市、餐厅等场所。

十一假期刚过，又有学生家长托人找我要把孩子转走，我既不能随便"放行"，又不能强拦着不让转，就给家长分析转走与留下的利害关系。孩子刚在这里熟悉，也适应了这里的教学，况且学校的教学和管理社会都是认可的。孩子再去一个陌生的地方，还得一段时间适应。再说哪个学习层次的学生适合哪个学校的教学节奏，强着拔苗助长……

孩子的父亲眼含着泪，打断我的话说："我和你见过几次后，我也知道孩子在这里一定能学好，可是她妈爱面子，前几天和妯娌吵架后，她铁了心要转。因为俺侄儿考上了重点高中，俺嫂子和她吵架时讽刺说你的孩子咋考不上重点高中呢？她赌气说俺考不上也能去重点高中上，所以她说啥都得让孩子去重点高中。"

我说不能为了大人的面子，而毁了孩子的前途啊！但孩子的父亲也没有办法，只能含泪把孩子转走了。

后来这个中招 506 分被我校录取的孩子，高考考了 361 分。而留在我校和他成绩一样的学生，都考入了本科院校。

另一个中招 421 分的学生家长，也是非要把孩子转走，并称那边重点高中都说好了。当他来带孩子要离开时，孩子说啥都不想走，家长就劝他的孩子说："这里农村孩子多，他们的习惯不好。"

孩子听了很生气地说："我不也是农村的孩子吗？只要想学，在哪儿都能学好。"一句话说得他爸爸无言以对。

我听了很感动，就对他爸爸说："你别难为孩子了，我保证好好教育孩子，把他培养成本科生。"

面对转学，我们学校一直在与世俗和面子抗争！

承诺书

由于我在选科时的冲动，现在的转科给校领导以及老师带来了一些难处。

但是转科也是我想了很久的，既然做出了决定，就不会辜负老师的期望，也不会拿自己的未来开玩笑。在此也谢谢王校长的支持与帮助。进入文科班后，我会努力学习，攻克自己的弱项，也会在考试中有所进步，每次在年级中进步10名左右。

承诺人：张辉焱

时间：2021年11月28日

# 丑小鸭蝶变白天鹅

▽

由于学校离城区较远，家长接送孩子一次不容易，学校门口还经常因为家长接送堵车。因此，为了减少家长的麻烦，学校安排每两周大休一次。这天是学生大休离校的日子，当学生基本走完以后，我也开车带着刘校长一起回家。

行驶在马路上，我们在车里正聊着如何规范制度，突然，透过车窗，看到路边我校的一个学生嘴里叼着烟卷，低头玩着手机。看到他身上流露出的那种痞气，我不禁就来气了。这一段时间，学校里大会小会都在讲不准吸烟，不准带手机，可他竟然当成耳旁风，不但不在乎，还这么明目张胆。

"拍一下这个学生，发到班主任群里，让班主任认领后通知家长，对这个学生一定要严肃处理。"我对坐在副驾驶座上的刘校长说着，放慢了车速。刘校长拿出手机拍照的同时，我的车也缓缓驶过他身边。那个同学注意到一辆车在他身边慢了下来，扭头看到车里的我们正在给他拍照，吓得赶紧扔掉烟头，收起了手机。

大休后来到学校，刚进大门门卫就叫住我，说有人在门卫室等我，我停好车进屋一看，正是那个在大街上吸烟玩手机的学生和他的父亲。他父亲一见我就客气地迎上前握住我的手，嘴里说着："校长，对不起，请给孩子个机会吧。"学生则胆怯地站在旁边一个劲儿地认错。

　　经过了解，这个学生在家缺乏管教，父亲一直在外地打工，家里其他人又管不了他，因此跟着社会上的人学了不少毛病。我们在门卫室谈着，他的班主任也过来为他讲情，说他平时在班上还算听话，教室里智能黑板什么的出了问题，都是他主动修理调整好的，班会课还会帮助老师制作课件，是一个比较热爱电器的孩子。我听了觉得这不正是我一直寻找的带着优点的"差"学生吗？我要鼓励他，让他更有自信地学习。于是就批评教育了他几句，让他给班主任写个检讨书和保证书，希望他以后改掉毛病，同时也指出他身上的优点，鼓励他要把聪明才智用到正地方，并安排他以后帮助学校的报告厅调试音响。从学生充满感激的眼神里，我看到了一颗向上的心……

　　我校重视活动育人，因此学校报告厅经常举办各类活动。在以后的活动中，我经常看见他在后台调试音响，他的调试让后来的活动音响效果越来越好。我鼓励他培养低年级的学弟，培养好"接班人"，同时也要努力学习，争取考上好的大学。

　　一年后，他考入一所大专院校。有一次暑假，他专门回到学校，到报告厅看他带出的学弟们把音响调试得咋样了，又和他们沟通了一些技术上的问题。他走时特意来见我，我鼓励他在大学里要好好学习，毕业后考个电工证，争取应聘到母校来当电工。我笑着说："你技术过硬了，说不定比我的工资还高呢！"

　　现在他已经毕业，听他的班主任说，他上大三期间，积极进取，是学校的学生会主席，学习也很努力。大专毕业后他被学校留用了，而他在工作的同时又通过专升本，考上了省内一所不错的本科院校。我听后深感欣慰，作为教育工作者，要善于发现学生的优点，不能光看缺点，只要善于引导，丑小鸭也能变成白天鹅！

# 高情商的孩子

▼

2022 年我们招了一个学生，学习成绩平平，但情商很高，给我们留下了特别好的印象。

他叫薛辉波（化名），是一个阳光帅气的大男孩。他的最大特点就是聪明得恰到好处，不论是跟人说话还是在班上的一举一动，都让人特别舒服。我虽然不给他们上课，因为我经常与同学们谈心、经常讲话鼓励学生，所以许多同学见了我都会很礼貌地问好。薛辉波向我问好时显得更为亲近，好像我们是多年的朋友，或者我是他的至亲长辈。中秋节大休返校后，他专门跑到我办公室给我送了一块儿月饼，说："校长中秋节快乐！您天天辛苦，我送一块月饼您尝尝。"我看着眼前这个懂事的孩子，打心里喜欢。我说："谢谢你，我也祝你中秋节快乐，我也送你一块月饼，我们交换着吃吧。"说着，我从桌上的月饼盒里拿出一块月饼递给他，又拍拍他的肩膀，鼓励他好好学习。

他的高情商不像有些人的"皮外能"，而是那么自然、真实。现在的有些学生，好像身上带刺，说话"带枪"，整天跟别人欠了他什么似的，总是觉得同学对不住他、老师对不住他、父母对不住他，好像全世界都对不住他。这些学生简直让人无法与其交往，因此，我们每天都在想着如何引导他们有个平常心态。

我胃不好，左手经常下意识地捂着胃。有一天薛辉波见我又捂着胃，就问我咋了，是不是哪儿不舒服？我说是胃不好，老毛病。他说我给你买个胃药，我爸也是胃不舒服经常吃药。我说不用，我有吃的药。

　　他再次来我办公室时，真的给我买了几十包药，我不要，他说一包就几角钱，很便宜，但治疗胃病很有效。晚自习时，我专门去他们班讲了他给我买药的事情，我说我不是因为他给我买药了就来夸他，更不是让大家都给我买什么，我是说我们每个人都要像薛辉波一样，会与人交往，让别人舒服，让自己快乐。这样将来走上工作岗位，走到社会上，都不会吃亏，都会遇到贵人和朋友，都会有幸福感！

　　愿我们的教育能培养更多这样情商高、懂感恩、知进退、行为举止自然得体的学生！

# 修倒车镜

▼

常言道：医者仁心，医生治疗病人的身体尚且需要仁爱之心，教师净化（塑造）学生的心灵更需要有爱心。采用和风细雨、启发引导的教育方式，比暴风骤雨、厉声呵斥对学生心灵的震撼作用更大，效果更好。

这几年，学校一直倡导老师教书育人一定要贯彻"先成人后成才"的理念，要求老师要 "爱学生胜子女"，学生要"敬老师如父母"，学校风气和谐友善。

一天，餐厅吴经理见到我说，现在的学生和家长素质这么高！我问他咋了，他说："昨天晚饭后，我发现停在路边的车上有一个字条，原来是下午大课间学生打羽毛球时，不小心把我的倒车镜弄坏了，因为不知道是谁的车，学生就留了一个小纸条，写清自己是哪班的叫啥，不小心弄坏了倒车镜，请与他妈妈联系，让他妈妈替他赔偿。"吴经理本来想学生不是故意的，又主动承认错误，干脆算了，可是又一想，既然孩子已经留下了电话，不妨就与家长沟通一下，同时看学生写的是不是都是真的。没想到电话一打通，家长就很客气地道歉，并说孩子已经通过班上的电话告诉她了，她也正在往学校赶，一会儿见面细说。尽管吴经理一再表示不用了，自己修修就行了，但家长还是赶到学校，帮他换了个倒车镜。

从这件小事上，我感觉学校"先成人后成才"的教育理念很有成效，对学生、对家庭、对社会都有好处，这样的学生毕业后无论干啥，无论走到哪儿，都让人放心。

通过吴经理这件事，我也对学校这些年来的工作感到很欣慰。

# 处处育人

▼

　　春节后的一天，午饭后和餐厅经理闲聊，他跟我说了一件小事，并且略显愧疚地说："我也不知道我做的对不对，跟学校的教育理念是否违背。"

　　经过了解，原来事情是这样的：上周一个晚上，餐厅工作人员在打扫卫生时，发现在筷子消毒机的插电口有个充电器和 MP4，因为学校不准学生带手机等电子产品，更不允许随便充电，既是为了防止引发火灾，也怕影响学习。于是，保洁员就把充电器和 MP4 收走交给了餐厅经理。可是第二天再打扫卫生时，发现她们的对讲机没有了，却有一张字条，内容是辱骂保洁员收了他的东西，并威胁如果不还给他，对讲机也不给。经理听了比较生气，也觉得这个学生违纪了还那么猖狂，就给他回了个字条，内容如下：

　　同学：允许你犯错误，也允许你改正错误，充个电本身没什么，错的是你将窗户破坏（为了安全起见，学生上课后，餐厅要锁门窗，他要趁着没人时进去充电，必须弄开窗户），这样存在极大的安全隐患，又偷拿走工作人员的对讲机，而且还留下自己的笔迹，你的这种行为一旦报警，后果你自己想……因为你还是个学生，我理解你，希望你见条后，放回对讲机，来餐厅办公室领回你的充电器和MP4，我会替你保密，也希望你相信我。

　　如果你认为充电器和MP4不要了，对讲机也不给，学生你错了，我会报告学校和公安来处理这件事，必将一查到底。(限今天、明天时间见我。)

餐厅负责人：吴

　　隔天晚上下课时间，一个男生果然戴着口罩去餐厅办公室还对讲机，真诚地向吴经理承认错误。吴经理归还给他充电器和MP4后，语重心长地说："你这次的行为是很不恰当的，你要认识到自己的错误。你们还小，要懂规矩、学会尊重人，今天我也不问你是哪班的叫啥了，希望你以后改好，遵守校规校纪。"学生听了，满含眼泪地深深向吴经理鞠了一躬后，默默离开了。

　　讲完后，吴经理歉意地对我说："我没征求你的意见，也没让学校处理这个学生，也没扣班级的纪律分，不知道做的对不对？"

　　我肯定了吴经理的做法，很高兴地说："学校的管理就是教育，你替我们教育了他，做得很好！"

# "疯狂之夜"静悄悄

▼

　　郾城高中地处距离市区大概三十里外的商桥镇。又到了一年高考时，每年的高考考场都设在市区，我们学校的学生有很大一部分来自农村，城里没有地方住，家长送考又比较远，加上6月6日需要认考场，因此，我们每年都会在6月4日组织高三学生离校，便于学生把所有的物品都带回家。

　　家离城里远又没亲戚可投的学生，5日会到学校事先帮他们联系的宾馆住宿，根据考场位置分住不同宾馆，每个宾馆都有老师带队，以免学生耽误进考场。因此，每年的6月3日学生离校前的这个晚上，也是最令学校和老师们担心和头疼的晚上，也注定是最不平静的晚上，甚至被学生们戏称为"疯狂之夜"。

　　其实，全国的高三毕业生，甚至一些大学的毕业生，都会在离校之际不同程度地释放一下这些年来学习生活上的压力，释放来自不同方面的不良情绪，尽管这是一种宣泄，可是，把握不好也容易出问题。

　　按照以往的惯例，这一晚上最不平静，有撕书、撕作业的，有大声喊叫发泄的，有乱扔生活用具的，甚至有室友聚在一起喝酒的（尽管学校严厉查处），有情窦初开的少男少女，在离别之际躲到操场一角话别的……虽然学校明令禁止，但仍然难以杜绝，学校怕闹出事情，校领导和老师都会严阵以待，默默守护。

为了实现教书育人的目的，我们会从各个方面及细节入手。比如在应对"疯狂之夜"方面，这几年我们疏堵结合，一方面严查违纪现象，一方面加强正面教育引导，用心感化，教他们如何控制情绪。为了减少违纪，班主任在这一夜排成班整夜不休息。有的在寝室转，督促学生按时熄灯睡觉；有的拿着手电筒在操场、花园等角落里转，防止男女生有违纪行为。为了引导学生文明离校，给母校留下最美好的回忆，这几年都由团委精心组织欢送会，留下了许多温馨感人的镜头，情况确实是一年比一年好。

尤其是2021级，这届学生让我和老师们都非常感动。班主任提前开班会，话别同学情、师生谊，许多学生把没用的书、练习本等卖给收废品的，用卖废品的钱买成瓜子、糖果、水果等请老师和同学吃，有的把自己觉得有用的笔记本、错题本、满分卷等赠送给学弟学妹，甚至有的把穿不着的校服洗得干干净净送到政教处，通过政教处赠送给丢失校服的同学。平时查处学生违纪的政教处，这时变成了搭建同学情谊的桥梁。

3日下午，高一、高二的学弟学妹还邀请对口班的学姐学哥到他们班的劳动实践基地，在盛开的向日葵旁合拍"一举夺魁"祝福照。晚饭后，各班像往常一样进行激情朗读和晚自习。晚上8点，各班召开不同形式的茶话会，有的再次强调高考细节，有的合唱校歌、毕业歌，有的在毕业留言册上互相祝福。我应邀到十四个班分别进行毕业赠言，从同学们的掌声中，我感到了浓浓的温情和深深的不舍。晚上9：40，同学们按时下课回寝室休息，没有一个大喊大叫的，没有一个喝酒闹事的，显得比平时更懂事。班主任虽然像往年一样排班儿转着检查，但见到学生时都是叮嘱和关怀，学生们也异口同声地请学校和老师们放心！看着孩子们一张张真诚懂事的笑脸，老师们悬着的一颗心也彻底放了下来！变成了对孩子们的关心，而同学们也像长大了似的，没有一个违纪的。这个令人担心的"疯狂之夜"也变成了静悄悄的"平安之夜"，看着这一切变化，我也是感慨万千、彻夜难眠。

4日早上，同学们和平时一样，跑步到教室早读，仍然是没有一个迟到旷课的。

早餐是学校为参加高考的学生精心准备的每人一根香肠两个鸡蛋，寓意着每道题都百分之百做对！每人发一个粽子，也是祝愿同学们都能"一举高中"！

上午9点，校团委精心准备的高三欢送会如期举行，与往年不同的是，2023年这天正赶上高一高二大休在家，提前排练节目的学弟学妹和志愿者，冒雨来到学校，专程欢送他们的学姐学哥。家长到学校帮孩子把行李书籍装上车以后，各班学生打扫好教室，摆好桌凳，交付给班主任。整个过程温馨和谐，一言一行都体现着这届毕业生的素养和修为！

2021级郾城高中的学子们，你们离校时所表现出来的点点滴滴，都已昭示着你们逐渐成熟！我为你们骄傲！学校也为你们骄傲！是你们打破了"疯狂之夜"的魔咒，给下一届以及今后的学弟学妹们开了一个好头！做了一个好榜样！你们是好样的！我们不会忘记你们！母校的大门永远为你们敞开！欢迎随时回来！

# 爱学习的寝管

▼

随着学校管理越来越规范，良好的校风学风逐渐形成。学校校风的快速形成，既得益于学校深厚的历史积淀，也得益于师生的共同努力，同时还有学校后勤工作人员的自觉参与，连学校的寝室管理员都好看书爱学习，成为励志的典范。

负责高三年级的男寝管李师傅经常到图书馆借书，学生上课后寝室都锁门了不让外人进去，他完成内务以后，就利用空闲时间阅读，在阅读的同时他还善于思考，记下了许多笔记和心得体会。他的学习精神，无形中也影响和感染着学生，促进了学生的学习积极性。

负责女生寝室的管理员丹丹，平时就像"大姐姐"一样，与学生关系很融洽。她不但工作认真积极，甘做学生的朋友，还利用工作之余学习大专课程，遇到不会的题有时请教晚上查寝的班主任老师，有时和学生进行探讨，硬是用三年的时间，通过自学考试取得了大专文凭。目前正在继续学习，奔跑在实现本科梦想的路上。

学校是一个学习的场域，学习的气场一旦形成，无形之中就会有一种推动的力量。融入其中，你就会被大家昂扬的朝气带动、被这种积极上进的氛围影响，不由自主地就会对自己的人生重新规划，使之更丰满，更有张力！

善哉，郾高教职工！幸哉，郾高学子！有此风气，郾高未来可期！

## 按语

# 领导者的魅力：教育灵魂的引领者

在根植教育的这片热土中，校长作为一所学校的灵魂，其影响力无疑是深远的。他们不仅肩负着引领学校发展方向的重任，还扮演着塑造学生未来、决定教育品质的关键角色。

前面的几篇文章中，校长以开放的心态和灵活的方式处理了借读生的请求，不仅给予学生机会，还为她设定了明确的目标。他深知生源对于学校的重要性，因此，对于流失的学生感到担忧。然而，他更关注学生的快乐成长和未来的发展，尊重学生的选择和意愿。对吸烟学生的批评，以及对学生特长技术的肯定和引导，都表现出了他的智慧和爱心。

他不仅关注学生的缺点，更关注他们的优点和潜力。他的教育理念就是：找准优点每个学生都是天才。《丑小鸭蝶变白天鹅》这个故事体现了校长对每一个学生的信心和期待。在校长眼中，没有所谓的差生，每个学生都有其独特的潜力和无限的可能。正如苏霍姆林斯基所说："每个孩子都是一个世界——完全特殊的、独一无二的世界。"校长的管理魅力正是在于能够发掘并激发每个学生的潜能，帮助他们实现自我价值。这种信心和期待不仅给予学生巨大的鼓励和支持，同时也为他们树立了一个积极向上的榜样。

在《"疯狂之夜"静悄悄》一文中，通过疏堵结合的方式，引导学生正确处理情绪和释放压力。通过正面教育引导学生积极向上、文明离校，在班主任和任课教师的精心组织下，成功地让令人担心的"疯狂之夜"变成了静悄悄的"平安之夜"。文章还强调了学校管理的人性化，离校之际，学校组织欢送会。照毕业合影，为毕业生提供香肠、鸡蛋、粽子等寓意深长的食品，表达对学生的关爱和祝福。他赞扬了2021级郾城高中的学子们离校时所呈现出来的文明和素养。这些毕业生不仅顺利完成了学业，更展示了学校的教育成果和管理魅力。

从字里行间我们深切地感受到校长与学生之间强烈的情感共鸣。这种情感共鸣源自校长独特的教育理念和魅力，他将每一个学生视为独一无二的个体，关注他们的成长过程，关心他们的情感需求。正如陶行知所说："真正的教育是心心相印的活动，唯独从心里发出来的，才能达到心的深处。"这种真诚的关爱和互动，让学生感受到学校的温暖和关怀，从而产生对学校的归属感和依赖感。

作为学校的领导者和管理者，校长需具备多方面的能力和素养才能胜任这一重要角色。他们不仅要有高效的管理能力、敏锐的洞察力，还要具备良好的人际交往能力和解决问题的能力。通过自身的魅力和影响力，校长可以激发孩子们的潜能、塑造他们的品格，为他们的未来奠定坚实的基础。

通过这些故事，我们可以看到一位校长具有的独特魅力：他能够以真诚的关爱、先进的教育理念、全面的管理手段，用对学生的信任和期待，打造出一个充满活力、和谐有序的学校环境。这样的管理魅力不仅仅体现在表面的成就上，更在于其深入人心、影响每一个学生成长的细微之处。一个优秀校长的目标就是让每一个孩子在学校中感到被接纳、被尊重。这样的管理魅力无疑值得我们深入研究和借鉴，为我们的教育事业带来更多的启示和动力。

# 吃饭蹲凳子上

▼

　　我们学校因为学生多，餐厅就餐座位有限，所以学生吃饭是按年级分批进行，三个年级三个批次就餐。可是，2018 年我刚到学校时，发现一个奇怪的现象，许多同学喜欢站着吃饭，而且第二批第三批站着吃饭的越来越多，每顿都是这样。

　　站着吃饭既不雅观，夹菜也不方便，且不利于健康。观察两天后，我问学生为什么不坐下吃。他们说凳子太脏，仔细观察后我找到了原因。第一批吃饭的学生有的认为凳子没有擦干净，就蹲在凳子上吃，他吃完后第二批学生下课过来了，下一批看上一批蹲在凳子上，嫌脏也只好蹲在凳子上，到了第三批，蹲的更多了，没有蹲的同学干脆都站着吃了。这样恶性循环，使学生养成了蹲在凳子上吃饭的坏习惯，且他们认为凳子不干净，宁愿站着也不坐。这样不光不雅观、不卫生，而且影响整个学校的形象。

　　于是，我们及时召开班主任会议，大家形成统一认识，学校就是育人的，要全方位育人，纠正学生的就餐行为也是育人。首先要求餐厅每顿饭前必须认真擦拭桌凳，让学生看到员工在擦，让学生感到餐厅的桌凳比过去干净卫生了。然后是学生会成立餐饮部，由餐饮部的同学排班值班，遇到再蹲凳子上吃饭的同学，提醒扣分。再者就是让班主任在班上讲蹲在凳子上吃饭的坏处，以及学校禁止并将查处的态度。

　　政策一出台，学生蹲在凳子上吃饭的大幅度减少。可是还有个别学生，不知道是忘了还是比较调皮，仍然蹲在凳子上或者站着吃饭。

　　有一次我逮住一个蹲在凳子上的学生，我让他坐到他刚才蹲过的凳子上吃饭，他站着说太脏没法坐。我说你蹲时没考虑过别人要是坐到你刚才蹲过的凳子上脏不脏？他认识到了错误，诚恳地表态以后坚决不蹲了。我说你必须完成一个任务，查下一个蹲在凳子上吃饭的。如果是全校没有人再蹲凳子了，查不到也行，说明这种现象在我校已经杜绝了。

　　我记下他的班级姓名后，开始让他"将功补过"。因为有使命在身，他查得非常认真。一周后，全校彻底没有了蹲在凳子上吃饭的学生，也没有站着吃饭的了。

# 拍桌子的家长

▼

　　2018 年 11 月的一天上午，高二的两个女生在卫生间门外发生了矛盾，甚至她们各自班的男生也在起哄助威，关键是其中一个金姓女生在打斗中头部不知道被什么划伤，流血不止，吓得直哭。

　　我知道后，一边让人把她送到学校卫生室包扎处理，观察伤情；一边让政教处的老师向在场的同学询问经过，写成书面材料。同时，让她们的班主任分别通知家长过来处理后续问题。

　　然而，金姓女生的父母在新疆打工，只有年迈的爷爷在家。他接到电话后非常着急，因为路途较远，需要转乘公交车。他正在赶来的路上时，另一位秦姓女生的父母和她哥哥第一时间来到了学校。

　　秦同学可能是看到金同学被打流血了，害怕学校处分她，就谎称是金同学先找事，自己被金同学和她班男生打了。秦同学的母亲一听说女儿被打，情绪立刻激动起来，一直在政教处大声咆哮着让找凶手。这时秦同学的哥哥也叫嚣着到金同学的班上要去收拾"打她妹"的人。我看事情比较严重，他们根本不听劝阻，就赶快打电话请派出所（就在学校隔壁，留有小门相通）的民警来帮助处理。

　　在政教处，看了在场学生写的证明材料，我对这件事也有了一个大概了解。本着把两个孩子之间的矛盾化解的原则，就和风细雨地对秦同学的父母和哥哥说："你们先坐下，冷静一会儿，等派出所的民警来了了解完真实情况再说。"而秦同学的妈妈却大声叫喊着："我冷静不了！要是你的闺女被打了，你冷静得了吗？"

望着眼前这个打扮时尚、情绪暴躁的女人，我真想呵斥她一顿。但毕竟学生也在场，我们的一言一行都是在教在育。因此，我仍然平静地说："我正是把两个女生都当成俺的闺女，我才让你冷静，咱作为家长不能对学生的冲动推波助澜，这样无助于问题的解决。等派出所的同志来了，调取了监控，就能了解真相了。"

秦母坐在我对面，一听这话她更加激动了，她用力拍着桌子，对我大声吼着："我的女儿被打了，就坐在这里难受地哭，这就是真相！"

我不想再纵容她胡闹，就严肃地对她说："我们的桌子虽然破，但却是花钱买的，属于公物，你拍坏了是要赔的！"我又举起手上其他同学写的证言，郑重其事地告诉她："我这里有同学们的证言，校园里到处有监控，谁受委屈我都心疼，谁闹事打人也都要负责任！"接着我又说，"人家还在卫生室里包扎呢！我让其他同学陪护她。你过来就这么不问青红皂白地闹事，能起到什么作用？"

她不服气地瞪了我一眼，这时派出所的民警也过来了，秦同学的母亲就气哼哼地问："我女儿被打了，咋处理吧？医药费谁拿？"

民警掏出录音设备放到桌上，说："先别激动，我们会全程录音，你们先说说情况吧，我们一会儿再找对方了解了解，最后再调取监控，让事实说话吧。"她的气焰立刻就不那么嚣张了，她让她女儿说，秦同学也只是一个劲儿地哭，说不来什么。于是我把手里的稿纸递给派出所的民警，让他们看看在场同学的证言。

民警看了以后说："既然你们也不说什么，那个同学还在治疗，那我们先看监控吧。"

正当大家要起身查看监控的时候，进来一位 70 多岁的老人，只见他满头大汗，气喘吁吁，一进门就愧疚地说："我是金同学的爷爷，坐公交来晚了。对不起，我们家孩子不听话，给老师添麻烦了。"我们赶快扶他坐下，政教处的老师也给他递过去一杯水，他接过杯子说："她打谁了？那个孩子呢？我给她赔礼，看病我们赔钱，咱不能耍赖。"

老人的话让场面一下子凝固了，素质立见高下！老人骨子里那种温良在这时候却显得那么有分量。

"我们一起查看监控吧。"派出所民警说着，打开政教处的监控台，每个摄像头的画面都很清晰。只见下课后，金同学跑着去女卫生间，刚走到卫生间门口，被后面的秦同学叫住，她扭回头。她们相互说着什么，秦同学就开始冲过去动手打金同学，金同学用手挡，她们相互厮打，一分钟不到，有许多女生，也有男生围过来起哄。

监控里秦同学的泼劲儿，跟她母亲刚才的言行、跟她哥的冲动何其相似。派出所的同志看完监控对我们说："大家都看清了，你们说是你们协商处理，还是到派出所按打架斗殴处理？"

从进门到现在一直沉默寡言的秦同学的父亲嗫嚅着说："是俺的闺女错了，医药费我们拿。"秦同学的母亲也低下了她高傲的头，对我说："对不起，我刚才错了，我去给那个孩子道歉。"

听到她这么说，我平复了一下情绪，告诉她："我们不需要你道歉，让你女儿自己去给她同学道歉吧，争取得到对方的谅解，毕竟以后还要在一个学校上学，你这样处理问题的态度不可取。"我又转身对秦同学父亲和气地说："你和孩子一起去卫生室看看，需要多少医药费你结算一下吧。"

自这件事以后，秦同学的母亲每次再来学校接她的女儿，只要在大门口见到我，总是不好意思地绕开。

后来，金同学通过学习艺术专业，考入了东北一所本科院校。

# 我不向我求情

▼

我刚调到学校没几天，一天正和几位副校长谈心，一个亲戚给我打电话。我接通后他说，听说你们局的一个副局长调到郾城高中当校长了，你跟他关系咋样？我不清楚他葫芦里卖的什么药，就说我们关系一般。我问他啥事，他说他的孙子刚被学校开除（实际是劝退），想让我给新校长求求情，让小孩子还去上学。我说学校既然开除了，说明小孩子违纪严重，或者经常违纪，再说这个新校长原则性强，平时就不好说话，刚去更不会随便更改前任的决定。然后我说我尽量帮忙问问啥情况，讲讲情，问清了再给他回话。

几位副校长听了我的电话内容，一问他们就说前几天是劝退了两个学生，因为在学校经常违纪，屡教不改，影响较坏。他们看着我问："是不是再给他个机会？"我说咱给他机会，另外一个学生也会找人，这样学校的纪律就没有严肃性了。再说我已经说了新校长本身就原则性强，不好说话，他也不知道这个新校长就是我，所以他也不会为难我。

于是我给亲戚回话，说讲情也没用，劝他在家教育好孩子，让他认识到错误，换个学习环境，亲戚也没再说啥。

直到几个月后，他知道了原来不好说话的就是我，笑着说："当时你还不敢承认？是怕我缠你？"我说干啥都是有规矩的，既然是因为咱孩子的原因被劝退了，我更不能坏规矩，这样才能管理好学校，同时也给大家做个表率。后来教师们都知道了我向自己"讲情"都没有讲下来，大家也都更守规矩了。

## 邀请函

尊敬的王校长：

　　您好！

　　高三一模考试后，我班将举行"厚积薄发，赢在未来"为主题的一模考试分析总结会，于今晚第一节自习课开展。

　　特请您莅临指导。

三(11)班 全体同学

2022年9月17日

# 开好三个会

▼

高中的课程比较难，学生在学习过程中变数很大，如何及时掌握不同学生的情况非常重要。有的总分不错，可就是偏科严重；有的想学习，可就是不得法儿；有的学着学着不想学了，掉队了；还有的学习不是太好，但品德良好，热心热情。针对不同学生，如何因材施教，这才是教育的关键。所以，从 2019 年开始，我们每年都要召开几次学情分析会。

每次学情分析会都是班主任分别就各自班级的学生情况、管理情况、存在问题、好的做法等一一介绍、分析，我最关注的是各班本科目标人数，努力方向。班主任都比较用心，数据清晰，分析科学，措施得力，每次会议都要开两三个小时。会后我会根据大家的分析和建议，总结表扬鼓励，然后提出我的建议，效果非常明显。

后来，在开好学情分析会的基础上，又发展出了"把脉问诊"会和"经验分享"会，三个会各有侧重，相辅相成。"经验分享"会上，以某一学科为切入点，邀请三个年级该学科第一名的学生，在主席台上进行分享，介绍自己的学习经验和体会。台下，几百名对这一学科感兴趣的同学认真听、认真记，适时进行有针对性地提问。台上的同学讲得精彩，有条理、有总结；取经的同学听得过瘾，有收获、有启发；主持的老师点评精妙，有高度、有深度，画龙点睛，效果很好。

　　"把脉问诊"会上，分学科把几位优秀教师请到主席台上，台下几百名同学，就这一学科的难点、重点，自己学习中遇到的困惑和瓶颈，争相求教，台上名师们各讲妙招、诀窍、技巧，不时爆发出佩服的掌声。

　　学校还要求参加"把脉问诊"会和"经验分享"会的同学要根据自己的学习情况，结合这一轮的听讲，写一份听后感，谈谈感受和认识，把好的经验消化吸收。

　　通过开好三个会，师生关系融洽了，教研之风形成了，学生钻研探究热情日盛，高考成绩一年一个新台阶。

# 查吸烟

▼

经过规范各项规章制度，加上一段时间的严查，学生的精神面貌有了大的好转。玩手机的少了，迟到的少了，上课打瞌睡的少了。可是有老师反映，也有学生举报，学生吸烟的情况太多。

我问咋不抓住处理几个？老师们说不好抓。吸烟的学生都有分工，有望风看老师的，有传信息的，有吸烟的，检查时还有帮助销毁证据的。吸一支后角色转换，所以很难抓现行的。

虽然感觉他们说的有道理，我还是想试试。晚上快下课时，我先在最后一排高三的男生寝室院里和寝室管理员聊天，了解学生放学后的习惯。那边下课铃声响后，不到两分钟，学生就成群结队往寝室跑，他们要去抢水龙头，刷牙、洗脸、洗脚、洗衣服，或者冲澡。

我说声你也该忙了，告别高三的寝室管理员，出寝室院融入放学的学生队伍里。我个子中等，穿着普通，除了年纪大点，其他的跟学生没有多大差别，因此也没有引起学生太多注意。我随着人流上楼，有的学生进屋去拿洗漱用品，有的带着洗漱用品从寝室出来往淋浴间走，我也随着他们往淋浴间走，还没走到里面，就听到里面乱哄哄的，有人大声喊着："让我吸一口！"有的喊着学生的名字（我也听不清喊的是谁）说笑着："今天老班还怼你，你还敢吸？"

我循声望去，里面至少有六个学生在吸烟，还有在点烟的，还有从别人嘴里抢夺的，他们疯狂地说笑、喊叫、兴奋。因为学生多，有低着头刷牙的，有背对着我的，没有人注意我的到来。我侧身挤到吸烟的几个学生身边，伸手抓住四个人的衣服，一只手只能抓两个，开始他们以为我是向他们"抢烟"的，谁说了一句"别慌"，还有一个说"别抢，我马上给你"。

我大声训斥一声："都别闹！"刚才还闹哄哄的洗浴间一下静了下来。

所有的烟都灭了，其他吸烟的也认不出来了，我就死死的用两只手抓着这四个人，拉他们到就近的一个寝室。虽然就几米的距离，一路上他们想挣脱，辩解着我抓错了。我让他们别闹，训斥说谁闹开除谁。

因为全校大会上我讲过话，所以他们都认识我，也不敢跟"抓"他们的校长造次。我让一个学生拉开一个寝室的门，让里面的学生都先出来，我把拉着的四个学生一个一个推进去，我也进去，堵着门。我严肃地说："学校一再强调禁止吸烟，一再讲吸烟的危害，可你们就是不听，有的学生简直是狂妄、可恶！"

这时一个学生哭着说："校长，你就饶了我们吧，以后坚决不吸了。"还有一个"扑通"一声跪下了，可怜巴巴地说："校长，你可别开除我，回家我爸会打死我的。"

看着他们一个个的丑态，我真是又好气又好笑，我低沉而缓慢地说："饶了你们也行，你们必须给你们的班主任写个保证，以后不再犯了。"

他们都一个劲儿地说着行行。我掏出手机要打给他们的班主任，一个同学急忙伸手想夺我的手机。我瞪了他一眼，说："不让你们班主任来，我咋知道你们都是哪班的？都叫啥？"

他们不情愿地说出班级、姓名，一会儿班主任查寝也上来了。我把他们交给班主任后，说："这次是第一次让我抓住，可以不开除，但必须给班主任写保证，还得写一下还有哪些同学吸烟，因为我刚才就看到还有两个，如果不老实写，我将严肃处理。"

从此以后，吸烟的同学再也不敢肆无忌惮了。尽管每年还有吸烟的，但是学校隔一段就查处一次，学生吸烟的几乎见不到了。

# 严抓考风

▼

　　这几次考试后，班主任发现一种不正常现象，班上有的学生明明学习不认真，考试时却能考出好成绩，而平时很努力的学生，反而发挥失常。经过调取考场监控，发现有考场舞弊的学生；校长信箱里也有学生向我举报，有人通过手机作弊。

　　因为我们一直采用的是多校联考题，所以就及时联系提供试题的人员，他们说参与联考的学校多，就有人专门组织人员开考后三十分钟在网上出售答案，虽然他们也报警打击过，但在利益驱动下，仍难以杜绝。

　　经过学校班子会研究后决定，从以下几个方面入手消除考场舞弊。一是要求各年级各班必须一如既往地加强考风考纪教育，严查作弊和违规，对违纪学生零容忍，教育每个同学能正确认识考试的目的和意义，以平和的心态、拼搏的精神全面复习、诚信应考，考后在老师的评析和指导下认真总结与反思。务必要明确思想，提高认识，端正态度，遵守考纪，在考试中既检验文化素质，更考验思想素质。二是各年级就每次考试的考场布置、监考和阅卷等方面的工作做到周密安排，每个考场模仿高考布置，严格执行考场纪律，净化考试环境。三是每场加派一位监考老师，考场前后各有一位监考老师，规范监考要求。四是请家长在自愿申报的基础上，筛选家长来学校监场，重点监督学生通过智能手表在网上搜答案。

最重要的是，学校将以考风带学风，彻底扭转校风。学校按照高考标准，专门购买了20个金属探测仪，考前清理考场，所有学生用金属探测仪扫描后入场，监考老师手机交考务办。学校领导和班主任一起，让参加考试的学生在教室前排队一一扫描。有的学生一看老师们要对他们进行扫描查手机，就偷偷把手机扔到身后草丛里，学生进入考场后，我让政教处再用探测仪在草丛里扫描一遍，第一次共"拾到"手机3部。此后，学生再也不敢带手机了。

在考试过程中，各年级主考（各年级分管副校长）负责不定时、不定场随时推门巡查各考场状况，对考场违纪学生建立诚信档案。从此，诚信考试成了我们学校的特色。几年来，在市里举行的各类考试和高考中，我校学生没有一例违纪作弊的。

# 用好监控教育学生

▼

9月5日晚读时间，班主任在教务处开会，我转一圈后，调取政教处的监控看，发现高一年级10班的两个女生用书打着玩，我就上楼去她们班。见我站在窗外，大家的读书声明显提高了，我不便打扰，就在外面走廊上看他们读书。

下课铃声一响，我走进教室，大家看我走到讲台上，一下安静了下来，我把那两位女生叫到讲台上，分别问她们叫什么名字，中招考了多少分，问她们来到学校的目标是什么。她们可能知道刚才做了什么，心里有点怯，回答的声音越来越低。

我一下子沉下脸来，严厉地说，我刚才一直看着监控，大家都在认真朗读，就你们两个在打斗。我又语重心长地对大家说："今年高考，河南有十几万人落榜，连单招的大专都考上不，你们知不知道这是啥概念？这就是说他们得打工去，三年的高中白上了。他们的父母得多生气多伤心？他们得多后悔呀？！"

我又对两个女生说：你们本来努力一下都可以考入本科的，现在刚开学就开始浮躁，这样下去是很危险的，可以预见到三年后的结果。说着，我指了一下教室的监控说，这就是家长的眼睛，它一直在盯着大家，谁以后不好好学习，在教室里闹着玩，家长都会看到。

我又喊班长站起来，冲着大家说："以后班长注意，该学习的时候谁要是再不用心学习，你就让他看看监控，问他是否对得起他的父母，对得起父母给的学费。"

同学们都沉默了，那两个女生也低下了头，认识到了错误。

# 早上收手机

▼

我到郾城高中第七天时，那天是星期天，按当时的规定，可以不上早自习，但正课是要按时上的。早上 7 点 40 分了，我转教学楼时，看到教室里学生很少，也几乎都在说笑、化妆，或趴在桌子上睡觉等。

这怎么行？马上要上课了，还有这么多人没到教室！我心里这么想着，便往餐厅走，以为有的还在餐厅拖拉。可是走到餐厅门口时，发现餐厅已经关门了，我看了一下时间，快 8 点了，是该关门的，工人们开始洗刷了。

我直接拐进男生寝室，推开第一个寝室门，学生都还躺在床上，有的在玩手机，有的还在睡大觉。我一张床一张床挨着摸手机，几乎每个枕头下面都有，正在玩游戏的，我伸手要，他们也不辩解，直接递给我，没有人觉得这是违纪，没有人害怕老师批评或者学校处理，他们根本没有敬畏之心。甚至有个学生看我拿太多手机和充电器，怕我拿不住，主动给我一个袋子，嘴里喊着老师，让我装起来，也许他们觉得反正向班主任要，班主任还得给他们。他们认为我这个"新老师"多此一举。

我提着这一袋手机走进第二个寝室，与隔壁寝室的情况相同，仍然是不用费口舌，他们都轻松把手机和充电器给我，只要我愿意，甚至都不用记每个手机的名字，反正他们不会认错。

我出门时，因为收了两袋子手机，引来许多起床晚的学生围观，我让他们的寝室长午饭后带着同学去政教处认领。有个学生问我："老师你还接着收吗？"

是啊，我还接着收吗？这样收有意义吗？我对围着看热闹的学生大声说："现在不收了，再这样收下去，可以收一架子车，你们得起床拉个架子车跟着我。"

回到政教处我就在想，收手机不是目的，这样收下去也不是办法。我得好好考虑，如何收住老师和同学们的心！

# 人人都是学校的主人

▼

2018 年 4 月末的一天，我正在转教学楼时，手机收到一条校信通信息，内容如下："各位教职工：刚才我在高三教室检查时，碰到一个剪发头、上身穿浅蓝色西服、年龄在 20 岁左右的女性在三楼走动，我问她是干什么的，她说转转看看，可是我问着问着她就下楼向校园南边跑去了，我下楼向南又找不到了，是哪位同志介绍的，请说明一下情况，她是干什么的，或者让她及时离开！"落款是秦校长。

原来是秦校长在检查中发现了问题，及时提醒大家。我看了很欣慰，大家都动起来了，人人参与管理。可是我又有了焦虑，前几天班主任反映有个 50 多岁的人，挨个进教室，卖苦叫惨化缘求施舍，单纯的学生把自己省下的生活费捐给了他。有个班主任发现后质问那个人时，他却拿着钱跑了。

这样的管理漏洞，存在很大安全隐患，必须即刻整改。于是，我立即召开学校班子会，对刚才秦校长处理问题的方式进行了表扬，又讲了前几天的"化缘"事件，提议学校的门卫安保和寝室，聘请保安公司管理，大家一致同意。会上确定由主管后勤的副校长负责联系保安公司，谈具体事项，确定后再开班子会定下来，争取下周落实到位。

一周后，我们学校寝室实行了军事化管理，门岗全天 24 小时不脱岗，真正实现了全封闭管理。

**按语**

# 学校制度建设：从严治校与人文关怀的平衡

学校制度建设一直是确保教学质量和学校秩序的重要基石。一方面，制度建设为学校提供了明晰的指导方针和行为规范，使得每一位师生都能明晰职责和义务；另一方面，制度也是学校实现其教育目标和管理目标的重要工具。作为一项系统工程，它关乎每一个学生的成长和整个校园文化的培育。每一次成功的改变都是对教育理念的一次实践与检验，也是对学校综合管理能力的锤炼与提升。

《吃饭蹲凳子上》一文中，学校没有简单地惩罚违规者，而是让他参与"查处"工作。当他认识到这一行为的普遍性及其对学校形象的影响后，他成为了改变的一部分。这样的设计既让学生体验到制度的重要性，也培养了他们的责任感和团队合作意识。这种"润物细无声"的教育方式，更有助于培养学生的自律性和道德判断力。

《拍桌子的家长》一文中，一方家长的行为显然受到了情绪的驱使，而非理智的思考。学校管理者在家校合作制度落实上表现出了智慧和耐心。作为教育者，我们需要更多地关注学生的心理健康和人际关系，提前预防和化解矛盾；需要引导家长以更理智和成熟的方式处理问题。只有这样，我们才能共同为孩子们创造一个和谐、健康的成长环境。

《我不向我求情》一文展现了一名教育管理工作者高度的责任

心和公正无私的态度。他不仅拒绝了亲戚的求情，还通过"讲情"都没有讲下来的行为，向全校教师传递了一个明确的信号：制度面前人人平等，任何人都不能例外。这种坚决的态度不仅有助于维护学校的纪律和规矩，还为其他教师树立了一个良好的榜样，鼓励他们在教学过程中始终坚持原则，严格要求学生。

《开好三个会》体现了常规会议制度所起到的良好作用。通过定期召开学情分析会、"把脉问诊"会和"经验分享"会，实现了从学习状况分析、问题解决到经验分享的全方位交流与合作。这些会议不仅提高了学生的学习效率，也促进了教师之间的互动与合作，增强了学校的凝聚力和向心力，为学校的高质量发展奠定了坚实的基础。

《查吸烟》一文让我们看到制度规范在学生健康成长中起到的重要作用。学校不仅明确规定禁止吸烟，并制定有相应的监管制度、处罚措施和反馈机制，一套行之有效的制度体系，确保了校园环境的和谐、健康，而这也正是学校制度建设的核心意义所在：不仅教会学生知识，更要培养他们成为一个遵纪守法、有道德底线的人。

《严抓考风》《用好监控教育学生》《早上收手机》三文主要讲述了学校在管理学生方面的具体措施。这些措施的共同点在于它们都是以学生为中心，旨在创造一个良好的学习环境，促进学生的全面发展。通过这些措施的综合运用，学校不仅能够提高学生的学习成绩，还能够培养他们的道德品质和自律意识，从而为社会培养更多优秀的人才。

《人人都是学校的主人》一文探讨了学校制度建设的核心意义和价值，也为我们重新审视学校制度建设提供了新的思路。在传统观念中，学校往往被视为一个封闭的管理机构，学生只是被动地接受管理。然而，"人人都是学校主人"的理念打破了这一观念，倡导学生参与学校管理，发挥学生的主观能动性。在充分尊重学生权利和利益的基础上，学校制度建设也需要与时俱进，不断创新和完善。只有不断创新和改进，才能更好地适应时代发展的需要，培养出更多优秀的人才。

# 学校发展篇

# 调研

▼

市委书记要来学校调研！接到教育局的通知后，我们既兴奋又紧张。兴奋的是我们这所农村高中，还没有来过这么大的领导。市委的领导专门到我们学校调研，说明对我们还是很重视的，这一定能够提振广大师生的信心；紧张的是，没有接待过这么高级别的领导，不知道领导想看什么，想了解什么。

看了教育局发来的预案，当天上午共调研8个学校，在我们学校大概停留10分钟，我们心里踏实了一些，再细看行程，到我们学校来回路上就近1个小时。让我们感动的是，学校离城区那么远，领导那么忙，哪怕多跑些路，也要来了解农村高中的真实情况，把党的温暖和领导关怀送给广大师生。

心里有数以后，我们立即召开学校班子会，安排当天的注意事项，明确到个人。因为平时学校就比较注重卫生、安全、教学等工作，所以，也不必特意准备。

当天上午，一辆公务车如期来到学校，市委书记下车后握着我的手，对身边陪同的工作人员说："这就是你们在车上介绍的校长吧，让他给大家介绍介绍吧。"

书记是如此的平易近人，我紧张的心情也平复了许多，就边走边给领导们汇报，从学校的发展史到学校的现在，从学校建设到育人理念，从功能室的设置到教学风格，从学科特点到师生精神风貌。我如数家珍，领导们听得兴致勃勃，不住地点头称赞。市委书记还不时地问我一些他想了解的东西，对我们的办学激情和老师们甘于奉献的精神给予肯定。

随后还参观了党史校史馆，我说我们学校也曾经为社会培养了一大批社会各界精英、优秀农村干部和致富带头人，为地方经济的发展和社会的稳定作出了特有的贡献。

接着我还引导着去看了学校的餐厅，我说："我们的餐厅是自营的，所以可以按照学生的发育成长特点制定菜谱，对孩子成长有利的我们可以赔钱推出，比如鼓励学生每天吃鸡蛋，我们一直坚持每个鸡蛋六角钱，基本是赔钱卖的。还有我们的米饭、面条都是不限量吃的。"他问我为什么要赔钱，我说我们学校是公办的，本不应该赚学生的钱。

他笑着说："你是说有政府支持呢。"我说是啊，正是有政府支持，我们才办得这么好！

不知不觉在这里调研已经半个小时了，工作人员上前提醒，我们该去下一个学校了，领导们才意犹未尽地挥手告别。虽然时间很短，但领导们的调研给了我们极大的精神鼓舞，使我们的教学质量一年比一年好。

这次调研让我们一直铭记在心，也一定会载入学校发展史册！

# 教师趣味运动会

▼

　　我校教师虽然平均年龄不是太大，但是由于常年吃住在校，又远离城市，所以大部分教师比较内向。他们沉稳但缺乏一点朝气。于是，我们开会研究决定举办一场教师参与的活动，激发大家的活力，目的是让每一位老师都能投身到比赛中，使比赛在其乐融融的氛围中进行。

　　五四青年节这天，我校举办了首届教职工趣味运动会。为了兼顾比赛的趣味性与合作精神，学校体育组精心设计了两人三足（夫妻项目）、男子女子跳绳、男子女子慢车、男子女子赶"猪"赛跑、男子女子60米推铁环、集体拔河比赛等大小10个项目。这些项目，既考验团队合作精神，又需要较高的技巧，集娱乐健身于一体。尽管多年没举办过这样的活动，但大家一旦进入赛场便角逐激烈，看起来十分激动人心，观看的学生加油声一阵高过一阵。学生裁判组有模有样，判罚得当。观看的同学随笔写了这样一段赞扬参赛老师的话：走下讲台，放下教鞭，一身运动装的老师，竟让我有些不太习惯。看惯了老师的正直，看惯了老师的威严，沸腾的运动场上，看到了老师灿烂的笑脸，也许身体不算强壮，也许脊背已经略弯，但你的风采丝毫未减，老师们，加油！请把您的信心活力尽情展现！质朴言语道出学生对老师的信赖和敬仰！

　　这次活动，增强了教职工的身体素质和凝聚力，融洽了师生关系、同事关系，构建了和谐校园。

这次趣味运动会上还有个小插曲。为了鼓励大家积极参与，我自己也报了项目，因为平时很少锻炼，我报了个推铁环项目。我想着反正尽力就好，也不在乎得奖，即便得奖我也没打算领。但是我没有想到真到了赛场，老师们都给我加油，我推着铁环一个劲儿地跑，竟然跑到了第一，跑得越领先，学生志愿者和老师们加油的声音就越大——铁环在塑胶跑道上飞快地前进，竟然把节奏带的我跟不上了，脚步跟不上，手却离不开铁环，快到终点时我不出意外地被铁环带倒了，师生们一下子静了下来，有几个老师赶紧跑过来扶我。当时我的手和腿蹭破了皮，有两个老师陪着我去卫生室擦碘伏。在卫生室坐着我就想：今天有点儿丢人，但冷静再想，趣味运动会本身就是以娱乐为主，让老师们放松的，如果是哪位老师摔倒了，不是更不合适吗？想到这里，我休息了一会儿，又装作没事一样来到赛场，给继续比赛的老师加油。

等到颁奖时，我专门上台讲了几句话：今天的运动会很成功，我和大家一样都积极参与，以后学校还会经常组织各种活动。今天我摔倒了，说明我干什么都很投入，都希望干好，我相信如果大家都齐心协力，什么事都能干好。我放慢语速说，今天摔倒还是个"好兆头"，农村一句俗话叫"摔倒汉子，晒干院子"，就是说男子汉摔倒了，说明该转运了，我相信，从今天开始，我们学校一定会越来越好！我的几句激励的话，引来师生们一阵热烈的掌声。

# 改善教师伙食

▼

我调来已经有两三个月了，尽管我天天抓晨读，但早上自习辅导到岗的老师一半也没有，我问啥情况，他们说老师辅导结束后没地方吃饭，在校的老师顾不上做饭。我说学校不是有教师餐厅吗？他们说去晚了就没饭吃了。

我又去教师餐厅问工作人员，他们却是另一种说法，说老师不自觉，去得早的把馍都拿回家了，去得晚的没的吃。于是，我开会给老师说，以后每天我最后一个吃饭，如果哪位老师吃不上饭，我就让餐厅专门再做，但必须是辅导完学生，就餐时间才能去吃饭。

我也提前去餐厅看了几次，有提前往家带饭的，但也不像工作人员说的，带的过多，主要问题还是餐厅做的量不足。下午召开学校班子例会，经过大家讨论决定，首先要改善教师伙食，现在经常在餐厅吃饭的不足 20 人，原因是饭菜质量差、不够吃，厨师是承包商开工资，服务态度差。学校先从关心教师生活开始，一定先让老师们吃好，"照顾好老师的胃，才能留住他们的心"。我还明确告诉大家，每顿饭我都最后一个吃，保证大家都能吃好。

为了激发炊工的积极性，我跟班子商量，鼓励老师们在餐厅吃饭，老师在餐厅就餐的多，炊工的工作量增加了，可以给他们加补助。于是我们商定，以 28 位教师吃饭为标准，多一位老师吃饭，多给炊工补

1元。这样好转了几天，感觉还是不行，他们嫌累了，嫌老师吃的多了，嫌给的钱少了。再次开班子会，大家讨论后认为，学校出钱聘一个厨师，我们自己的人做饭，情况就会好转。

新炊工来了以后，情况就是不一样了，饭菜质量上去了，老师们到食堂吃饭的越来越多，教师们也没意见了。在老师们的提议下，我们又为教师增加了每天一个鸡蛋。可是，没过多久，问题又出现了，餐厅提供的原材料经常不够，老师多了，厨师做的饭菜不够了，得再去申请领取，然后做第二锅，这样得让老师们等着。老师们有意见，学校也觉得不合适。后来反复开会讨论。问题的症结找到了，关键是餐厅承包给了别人，老师们吃的多了，他们的利润就减少了。所以，大家一致要求，收回餐厅经营权，自己经营，让师生们吃好。

经过一番周折，学校餐厅开始由学校自己经营。转眼几年过去了，目前我们学校的餐厅成为全市最优质价廉的平民餐厅（农村学生多，绝对不能赚钱），现在每天在餐厅固定就餐的教职员工近百人，学生每天消费不足20元，肉蛋奶齐全，比外边便宜一半，学生满意、家长满意、教师满意、社会满意，全省许多学校都来校学习我们的管理经验。其实，仔细想想，老师们为了多辅导学生，家庭和孩子顾不上管，住在学校，难道我们连让他们吃好都做不到吗？

# 为老教师举行发证书仪式

▼

为了表示对在农村从教 30 年以上的老教师的尊重与感谢，国家专门为这些老教师定制了从教 30 年荣誉证书。可是，如何发放却是个难题。因为这些老同志有的行动不便，有的年事已高沟通交流不便，有的平时就经常到单位，提出的要求超出了单位能够解决的限度，搞得单位领导都怕添麻烦。

经过了解，其他学校有让在校老师代送的，有请一部分身体条件允许的老教师代表召开座谈会的。我们学校开会充分讨论，慎重决定，为了表达对老教师的尊敬和感谢，准备弄一个隆重的颁发仪式，除了国家的证书以外，学校为每位老同志再赠送一件小礼品。只要老教师们身体状况允许就把他们都请回来，不方便来的学校负责接送。常言说"家有一老，如有一宝"，他们对学校来说可都是宝。同时，也请老教师代表为我们评出的在职优秀教师代表颁发证书。

5 月 23 日上午 9 点，我们把在乡村工作 30 年以上的 20 多位老教师请回了学校，我和学校班子陪同他们参观了校园、学生寝室、教室、餐厅，然后到会议室与全体教师一起召开了段考总结表彰会。在会上，我们为老教师们颁发了"功勋教师"荣誉证书和纪念品，对他们过去的付出表示感谢，感谢他们长期以来一直关心支持学校的发展，为学校鼓与呼，传播正能量。同时，我代表学校班子向大家汇报了学校发展设想、制度建设、内部管理、人才培养、活动安排等长远规划和展望。

　　会后，老教师们和全校教师一起拍"全家福"合影留念。中午学校领导班子陪同老教师们在学校餐厅边吃边聊，请他们多提意见和建议，邀请他们经常回校看看。

　　整个活动非常成功，年纪最大的老教师已经90多岁了，老友重逢、故地重游，他们感慨万千，有的人激动地流下了热泪。通过这次活动，把他们与学校的感情联系得更紧、更近了！

# 为老教师贺寿

▼

　　2019 年暑假的一天，我问办公室主任，我们学校离退休教职工中年龄最大的都是谁，我想拜访几位。他说我们学校 90 岁以上的老教师共有三位，其中甄洪恩老师年龄最大，92 岁了。

　　我让他联系上甄老师，看他的身体咋样，告诉他我们这两天去看望他。第二天，钮主任很兴奋地告诉我，真凑巧，甄老师明天过 92 岁生日，他的儿子在外地工作回不来，女儿女婿给他办寿席。他又补充说："甄老师人品好，在学校上班时就任劳任怨，退休后还一直关心学校的发展，经常跟学校的老师联系。"我说那我们就明天一起去拜访他吧，同时给他贺寿。

　　第二天，我和刘校长、钮主任一起带着礼品和钮主任（全国知名书法家）写的斗方"寿"字，驱车去临颍给甄老师贺寿。甄老师听说我们去拜访他，非常高兴，也非常激动。他家在火车站附近的胡同里边，他怕我们不好找，专门下楼走到大路口接我们。见面后我们相互问候，我看他虽然到了耄耋之年，但仍然精神矍铄，气色很好。

　　我说您都这么大岁数了还走这么远接我们。他拍着自己的腿对我们说："我腿脚利索得很，我们住的胡同不好找，你们那么忙还来看我，我很感谢。"到了家里，已经沏好了茶，甄老师夫妇和他的女儿女婿，忙着倒茶、递水果，热情得不得了。我们说着祝福的话语，和他女儿一起把硕大的"寿"字贴在中堂。甄老师拉着我的手说，听说你来了以后咱们学校变化很大，老师们的精气神也又都回来了，大家的劲头都提起来了。他说咱学校的老师都很质朴，教学认真。

刘校长和他一起回忆起学校的事情，一桩桩一件件，他都记得那么清楚，如数家珍，我们也很受感染。转眼已经快12点了，他的女婿已经定好了饭店，请我们到饭店边吃边聊。

席间，甄老师回顾在学校的点点滴滴，感慨万千，对学校充满了依恋，提到如今学校仍然没有忘记他们这些老同志，他几度哽咽。他接着又夸他的儿子儿媳女婿女儿孝顺，将他照顾得很好，他和老伴儿生活很幸福。我敬酒时真诚地说，甄老师为学校为教育事业工作了大半辈子，90多岁了，身体还这么硬朗，儿女又都这么孝顺，这都是多年积的福，因为教育是良心活儿。平时对别人家的孩子心存善心，老了才能心里踏实，颐养天年。

他的女儿也端起酒杯说："我们能够在老人身边尽孝，也感到很满足，很幸福。今天学校校长副校长又大老远的专门跑来为老人过寿，我们非常感谢学校的关怀，也祝愿学校越来越好。"

这件事虽然已经过去几年了，但甄老师夫妇吃着蛋糕、流着喜泪的场面，一直在我的脑海中萦绕，让我难以忘怀。

# 冒雪一堂课

▼

下雪了，天很冷，所有的教室都开着空调。我转教学楼时，发现还有许多学生不是在说话，就是在睡觉，甚至还有个别学生在看违禁书。学校规定，凡是涉及凶杀、暴力、色情、迷幻内容的书籍一律不能带到学校，更不能传借阅读。尽管每学期都给同学们推荐有优秀图书，可有些同学好像故意跟你作对似的，越是你推荐的，他们越是不看，越是禁止的，他们越是要偷着看。

就比如学习吧。学校为了让同学们在学校有个舒适的学习环境，宁肯节约资金，减少其他开支，也专门给所有学生寝室、教室都安装了空调。即便给他们提供了最好的条件，他们仍然不知道珍惜，该玩还是玩，不理解学校的良苦用心。

到底该怎么"叫醒"这群迷茫的孩子呢？我一直在思考这个问题。当我又转到老教楼的时候，望着对面的一幕，突然有了主意。

这幢所谓的老教楼是40年前建设的，是学校最早的教学楼，当时因为很少用水泥，都是用的灰浆，因此，最近经常往下掉小土块儿。出于对学生安全的考虑，学校提前请市房管局的专家进行了安全鉴定，鉴定结果是再使用一年就得拆除。拆除之前，必须先建设一栋新教楼，新教楼半年前就已经完成了立项、审批、设计、招标等手续，争取暑假后可以建成交付使用，让新一届学生入住。

为了赶工期，即使这几天下雪，工人们也在雪中继续干活。站在老教楼上，对面工人师傅工作的场景清晰可见。看着他们寒风中忙碌的身影，我知道该怎么做了。

这天下午第三节课，我把各班的班长、副班长和纪律委员召集起来，带他们到老教楼上，让这些班干部站在一个空教室的后面窗户边。我指着对面新教楼上正在施工的工人，沉重地说："同学们，你们看到他们在干什么吗？他们在为我们盖教学楼。虽然下着雪，外边很冷，但他们连手套都没法戴，因为戴上手套再砌墙、拿砖，就不会那么精确、灵敏了。"我望了一眼身边的学生干部，继续说，"他们为了什么？为了挣钱养家，供养他们的孩子上学。而你们的父母在外打工，是不是也跟他们一样忍受着天寒地冻，忍受着炎热酷暑。他们也是为了挣钱供养你上学呀！"我扫视了一眼大家，接着说："在教室里，大家珍惜这么好的学习环境、学习机会了吗？如果你们不珍惜，考不上大学，将来的你们是不是也要像这些工人一样打工、下苦力呢？"

我的话让他们一下子安静了下来，他们的表情都很凝重。我接着说："你们都是班干部，负责协助老师管理你们班的学习、纪律。我想请你们回班上以后，开个班会，或者班干部会，把刚才你们看到的场景，把刚才我讲的话，讲给你们班的学生。"

停顿了约1分钟，我又提高嗓音，鼓动性地说："下一周，学校将制作卫生、纪律流动红旗，我希望你们明争暗赛，争取夺旗！"

我的话音刚落，便响起一阵掌声。这掌声，充满了力量！

# 二十分钟励志演讲

▼

　　平时发现学生浮躁了，或者月考后情绪不稳定了，我就会利用下午或者晚上自习课时间，一个班一个班地入班，以轻松的话题或者讲故事的方式进行励志演讲。

　　3月21日，我转教学楼时发现有学生偷玩小电子产品，收了几个后，被收的同学都表现出无所谓的样子。看着这些孩子没有反应，我心里很着急，暗暗对自己说：得唤醒他们！

　　想起昨天发生的事情，我心里有数了。自从我们学校与河南大学文学院签订战略合作协议后，他们从学科建设、教授授课、实习生实习等方面，经常帮助我们。

　　昨天，他们又给我们学校捐赠了一批教学用品，我们学校的两位领导早晨6点就出发去河南大学，晚上10点多才带着满载价值几十万元的柜子、电脑、示波器等教学设备的车辆回到学校，几位校领导和高三部分学生一起，忙到晚上11点多才把车卸完。而最触动我的是送货的那对中年夫妻。

　　于是，我就到几个班给学生们讲拉货司机的故事，让大家体会打工者的不易。他们夫妇从中午一点开始干活，从五楼搬到一楼的车上，一直干了4个小时。又跑了几个小时的路程运送到我们学校，大家帮忙一起卸完时，已经是夜里11点多了。他们再返回到开封已是凌晨3

点左右，他们这一天忙下来，除去油钱、过路费等才净挣 200 元。我听说他们由于涵洞限高又多绕了近 50 公里，到半夜也没有顾上吃饭，我们几个商量后又多给他们 200 元。

说到这里，我也有点哽咽，我说同学们，现在挣钱真的不容易，我不知道你们的父母在外打工能否挣到钱，容易不容易。但你们再这样挥霍父母的血汗钱，挥霍青春，我感到痛心！再这样下去，你们也对不起父母、对不起良心，说着说着我动情了，几乎哽咽地说不下去了。看着我，教室里也异常安静，片刻后，掌声如雷鸣般响起，同学们纷纷表示要努力学习。

# 看电影前的讲话

▼

　　我们学校的学生留守"儿童"多，大多是跟着爷爷奶奶或者姥姥姥爷生活，考虑到他们接送孩子不方便，我们两周一大休。不大休的周末，一般会安排学生观看爱国主义或励志电影，有时也举办讲座或者文艺演出。总之，要给学生减压释放情绪的时间。

　　一般在看电影前，我都会根据学校近期发现的问题，有侧重点地给学生讲 20 分钟左右。有一次，我发现有一部分学生在自习课上思想容易"抛锚"，具体表现是：有的学生看着书，抿着茶（这种现象晚自习时比较多）；有的学生经常照镜子，特别是有些女生，照的频率有点夸张；有的经常剪指甲、抠手指；有的爱看手表（午饭前比较多）。总之，他们心不在焉，各种小动作不断，对养成良好的行为习惯是极为不利的。

　　那天开始播放电影前，我拿着话筒走上舞台，说："今天是周末，是让大家看电影放松的，我就耽误大家十多分钟时间，也说个轻松的话题。这一段我转教学楼时，发现一些学生经常在课堂上做一些与学习无关的小动作，影响别人学习。我们学校教学楼前有正冠镜，进教室前整好衣冠，上课期间不要随便照镜子；上下课有统一的铃声，不要频繁看手表，因为你的手表没有学校的铃声准，也许你一愣神儿，关键知识点就被你当成耳旁风忽略了。还有剪指甲、抠手指等都不是高效课堂该做的，都不利于良好习惯的养成。'腹有诗书气自华'，如果你忽视了气质和文化修养的提升，你的其他举动都被称为不雅。"同学们哄堂大笑。等他们笑过了，我语重心长地说："同学们，学习需要静下心，专注学习才有效果。"

　　我笑着走下舞台，从此这些现象也大大减少了。

　　有时候，和风细雨的提醒，胜过雷霆万钧的发火，这就是教育的艺术！

致王校长的一封信

尊敬的王校长：

　　您好！

　　我是高三的一名姓生，高三对于我们学生来说是一个很关键的时期，高三的我们每天都在争分夺秒的学习，可时间总是不太够用。特别是像我这种基础较差，想要从中下游奋进到中上游的学生来说，这四十分钟总是短暂的。

　　10:40左右回到宿舍后只能借助楼梯间昏暗的灯光再多刷几道练习题，多背几个单词，席地而生，能够陪伴在身边的，是晚归缩在一角忍补的美术生和天空中凄冷的月和零散的星光。夜风吹过，寒气无孔不入，有时连笔都握不住。

　　我听到同班男生无意间提起，男生宿舍有单独的自习室可以学习到12点或者更晚，这一点令我兴奋，因为我注意到高三女生宿舍楼一楼有许多打上铁丝落了锁的空房间，那些无疑是最理想的可以学习的地方。所以我怀着激动的心情写下这封信，我不奢求什么窗明几净的地方，只希望能在一处安静的房间，去那遥远的梦想坚持不懈与心中的笔永不停歇。

　　真诚的希望王校长您可以考虑一下我的建议，给我们这些不愿放弃的孩子一次机会。

　　祝，

工作顺利，身体安康。

　　　　　　　　　　　　　　高三某一学子

　　　　　　　　　　　　　　2021年11月27日

# 第一次看电影

▼

　　学校远离城区，且学生大部分来自农村，学生在校两周回去一次。这样虽然减轻了家长经常接送的负担，但是单调的校园生活，也容易让学生烦躁。经过征求班主任的意见，大家都同意请电影公司的放映员到学校，给学生放映电影，活跃校园生活的同时，还可以进行爱国主义教育。（注：2018 年还没有建设报告厅，只能请电影放映员来学校给学生放露天电影。）

　　星期六晚上，学生晚读以后，高一高二的班主任进班给学生说，一会儿让大家在校园里看电影。同学们一下子沸腾了，各班都响起雷鸣般的掌声，还伴随着"嗷嗷叫"的欢呼声。班主任制止了学生们的疯狂，告诉他们今天来了两部放映机，分别在两个操场放映，一个是《厉害了，我的国》，一个是《红海行动》，下一次轮换放映。老师着重讲了观看秩序，并要求看后要写观后感。

　　在广阔的操场上，春风送爽、鸟语花香，每个操场都有 1000 余名师生，齐聚在"露天影剧院"，共同观看爱国主义电影，感动、激动、兴奋、震撼溢于言表。

　　为了防止学生做不恰当的事情，各年级组织班主任在操场四周值班。我在放映的时候，到教学楼挨个教室查看有没有学生在教室，他们是不是在学习。见到个别学生在教室看书或写作业，我对他们说要做到张弛有度，该学习时认真学，该放松时要尽情玩，鼓励他们去看电影。

尤其是《红海行动》，让大家感受到了祖国的伟大与富强——不论你身在何处，你的背后都有一个强大的祖国支撑着你。我更深深地感到，在这个强大的国家，这个和平的年代，作为一名教师，不但要随着时代的步伐进步，还要引领祖国的花朵明知前方枪林弹雨，明知前方命在须臾，只因职责所在，便要义不容辞。从电影中，我们也认识了其他的方面。首先就是团队的合作精神，团队实力。一场战争考验的是一个队伍的能力，队伍的集体感，不只是单兵的战斗力。

同学们整个过程由开始跃跃欲试，摩拳擦掌到中间一起静音默默等待，再到最后热泪盈眶，一波三折，跌宕起伏。138分钟，大家严格按照学校要求遵守纪律，秩序井然，热情高涨，不是军人胜似军人。总之，不论是在思想教育上还是个人生活、做事上，大家都受到了很大的启发，做事要有计划，从全局的角度出发。即使在困境中，也要学会冷静思考，选择下一步该走的路。电影末尾，当舰尾举行遗体告别仪式的时候，面对飘扬的五星红旗，全场不约而同起立并响起了热烈的掌声和欢呼声。

同学们震撼于中国海军的力量、责任。我们生活在最好的当代，今日的安宁是人民子弟兵的忠诚和热血铸就的，保家卫国应是每一个公民的使命，那么你有使命感吗？在日常生活和教学中，我们也应该传递给学生们正确的价值观和使命感。

在第二天的班会上，班主任适时引导，震撼于战争的残酷，提醒沉迷于手机的同学，这个世界并不只有网游，还有真正的战火纷飞、人们的流离失所、自身难保？！和平是多么地珍贵。你捂住眼睛不敢看的情节，战士们在亲身经历。生活在和平年代的人们叫嚣着"打啊，国家为什么不打？"的时候，可曾想过战争中生命的脆弱。那么同学们，你们知道和平的珍贵吗？你们有担当吗？这正是我们需要传递给他们的。

有同学在观后感中写道："团队协作，这是我最为之震撼的。蛟龙突击队，大家都是主角。他们是人不是神，也有牺牲和伤残。但是大家都各司其职，有着以一敌百的决心，每个人都值得我们敬畏，那么孩子们有敬畏之心吗？勇者无畏，强者无敌！"

**按语**

# 尊重教师爱护学生：学校发展的核心

　　学校是培养未来社会中坚力量的地方，是每个人成长过程中至关重要的场域。在这个阶段，教师和学生都扮演着不可或缺的角色。而在这个过程中，尊重教师、爱护学生，成为了学校发展的核心。

　　尊重教师是学校发展的关键。教师是学校教育的主体，他们的辛勤工作和无私奉献，是学生获取知识、培养技能的重要保障。对教师的尊重，不仅包括尊重他们的人格、教学成果，更包括尊重他们的专业知识和经验。在市委书记调研的活动中，我们看到了领导对教师的尊重和关心。这种关心不仅体现在对教师工作环境的提升和改善上，更体现在对教师生活的关心和照顾上。这种全方位的关心和支持，无疑会激发教职员工的工作热情和教学兴趣，进而提高教学质量和效果。

　　在学生接受学校教育这个漫长而又短暂的特殊关键时段，教师们每时每刻，都充当着学生成长道路上的引路人，充当着学生教育之光的点燃者。他们无私奉献，用心灵去影响心灵，以人格去塑造人格。他们在学生的心中种下知识的种子，用爱和责任去灌溉，让学生的心灵之花在他们的关爱下茁壮成长。

　　在教师趣味运动会、改善教师伙食、为老教师举行证书颁发仪式等活动中，我们看到了学校对教师们无微不至的关心，也感受到了学校对教师们的充分尊重和由衷感激。

　　教师趣味运动会是一个增强教师凝聚力和身心健康的有益活动。在这个运动会上，校长不慎摔了一跤，本身是件很尴尬的事情，但他顺势利用这个小插曲，巧妙的用俚语和俗语，不仅化解了现场氛围的窘迫，而且把话题延伸到对学校发展的美好展望上。他带领教师们卸下了教育的严肃，以活泼有趣的方式进行互动。这不仅有利于教师身心的健康发展，还能加强同事之间的交流与合作，增强团队的凝聚力。通过这样的活动，让大家在忙碌的教育工作中找到乐趣、身心得到放松。

　　改善教师伙食是关心教师身体健康的具体体现。身体是革命的本钱，只有拥有健康的身体，才能更好地投入教育事业中。学校对教师伙食的改善，是对教师身体健康的重视和关心，也是对教育工作者的尊重和理解。在这样的关怀下，教师们能够更好地发挥自己的专业能力，为学生的成长提供更优质的教育服务。

　　为老教师举行证书颁发仪式是对他们长期投身教育事业的肯定和尊重。老教师们是学校的宝贵财富，他们曾经为学校的教育事业作出了巨大的贡献。在这个特殊的仪式上，我们看到了学校对他们的感激和敬意。这种敬意不仅体现在物质奖励上，更重要的是用一种隆重的仪式表达对他们一生投身教育事业的认可。这种尊重和关心成为学校重要的历史传承和文化赓续，让青年教师满怀希望，从而激发他们的教学热情和动力。

　　在冒雪一堂课、二十分钟励志演讲等活动中，校长善于利用每一个教育场景，让学生置身于深度的生命体验，从而达到教育效果的最大化。在此，我们直观感受到一名校长对学生深深的爱和一名有情怀的教育工作者天然的使命感和责任感。这种爱和责任感，是建立在对学生全面了解和关心基础上的。他与学生交流，没有直接批评学生的行为，而是选择了一种幽默的方式，采用和风细雨的提醒，通过引导学生自我反思，使学生感到被尊重和被理解，让学生在轻松的氛围中认识到自己的问题。他让学生明白：他们的行为不仅影响学习，也可能对其他同学产生负面效应。这种激发学生同理心的感恩教育，既培养了学生的自我管理能力，又让他们学会了关心他人。

这些文章，向我们展示了学校发展中尊师爱生的重要性和必要性。为我们提供了一种新的视角来看待学校的发展和教育工作：那就是以尊重教师、爱护学生为核心，全方位地关心和支持教师和学生，从而实现学校和社会的健康发展。

# 自建报告厅

▼

　　学校一直缺乏学术交流和师生室内活动场地，2018年年底，学校通过召开教代会，决定购买学校西邻商桥机械厂闲置的两栋老厂房，把其中一栋较大的装修成报告厅。

　　程序进行完毕，厂房买下以后，学校一边请市房管局的技术人员进行安全鉴定，一边请人进行室内设计。我们提出了学校的要求后，仅设计一个舞台和看台的费用就要40万元，如果整个招标建设的话，需要300多万元，况且工期还要一年多。学校不光拿不出那么多钱，这么长时间施工、电焊也影响教学。为了节约资金，减少不必要的环节，经向区主要领导和教育局领导汇报请示后，在保证安全的情况下，学校决定自行设计装修。

　　当时正赶上学校老餐厅拆除，拆下来的钢梁也有许多人想要购买，我们考虑如果把钢梁拍卖，除了程序繁琐，也卖不了多少钱，而我们装修舞台和看台正好需要钢梁，如果再买新的，最少也得50万元。经过请示有关领导和财政局，我们开班子会研究后决定旧物利用，把老餐厅拆除下来的钢梁，按照我们的设计切割焊接成舞台和看台。

　　设计时，我利用在文化局工作时的关系，请市里的戏剧名家和市剧团的领导结合厂房大小，帮助我们设计演出舞台以及后面的观众看台。焊接更省事了，学校的勤杂工正好有焊工证，而且焊接技术非常棒，"自己动手丰衣足食"，我们就是靠教职工焊制成了高端大气的舞台和看台。

地面上有一些过去机械厂安放机器的墩子，如果去除不但费事，还容易破坏地面，我们就"赶弯儿就斜儿"就地利用，有的作为看台的墩子留下，有的设计在看台下面。建成以后，看台下面还设计有两个教室大小的储物间，方便存放学校杂物、版面等。

铺地板时，正好利用学校农村教师多的优势，有几位教师本来就给自己家铺过地板，为了学校的建设，他们提出不用请外边的师傅了，都愿意积极参加义务劳动。

报告厅建成了，累计节约资金150多万元，仅用工期3个月，创造了郾高速度。建成后，每周安排学生分年级观看爱国主义电影，每月组织教师举办"把脉问诊"会、学科状元经验分享会，每季度召开家长会，每学期举行不少于5次学术报告会，每年举行一场师生元旦晚会。还经常邀请文化名家、艺术大家、著名作家、教育专家给师生作报告，利用率非常高，师生赞不绝口。

# 卖车

▼

刚到这个学校时，学校缺教师、缺班主任、缺经费，制约了学校的发展。我带着这些问题找老教师座谈，找其他学校的校长请教交流，找教育局的领导申请，找财政局的朋友诉苦。经过深入走访了解，我和学校班子成员认真分析，发现这些情况在许多学校或多或少也都存在，只是严重程度不同，解决方法不一样。

我们商量后，觉得解决问题还要靠自己。目前，最重要的是解决教师短缺的问题，因为课不能耽误。而缺经费是大环境造成的，全区、全市，甚至全省普遍存在，尤其是农村学校更加明显。缺班主任主要是缺对学生负责、对家长负责、对学校负责、对社会负责的优秀班主任。其实，如果从工作的角度考虑，谁都能当班主任，责任心强了就能当好。于是，大家讨论后认为可以把学校领导用车卖了，这三方面都能得到一定缓解。

学校有一部公车——现代小轿车，过去基本是校长的专车，老校长有病后车一直在学校停着。虽然我来以后，一次也没用过，但走访中也有教师提到车的事情，当时我就想有空了找司机问一下情况。司机是一个很实在的小伙子，过去也在一线教学，因为人比较放心才当了司机。我就给他分析，现在中央八项规定不能违规用车，再说我自己会开车也有车，所以再留着这部车净浪费，学校"养"不起。而他作为教师要走晋级的路子，不从事教学晋级肯定吃亏，如果车拍卖了，他去从事一线教学，对他本人有好处，学校也多一位教师，缓解了教师缺额问题。目前班主任不够，有的一人担任两个班的班主任，再临时招聘老师也不现实，他人实在能守班，可以做班主任，又解决了班主任不足问题。他听了非常高兴，欣然接受，当了一个班的班主任，同时给两个班上物理课。

　　方案定了，司机工作做通了，我当即向局里汇报，接着开班子会研究，通过以后，就安排学校会计向财政局打请示拍卖轿车。这样每年学校可以节约10万元左右，而原来的司机，现在也被评为了市级优秀班主任。我想，只要多动脑筋，没有破解不了的难题。

# 拆除老教楼

▼

　　2021 年春节放假前，已经用了 40 多年的三层老教楼房顶、墙壁经常掉落墙皮，走廊钢筋裸露。学校请市房管局鉴定后确定为危房，不宜再继续使用。我们向教育局、财政局申请后决定按程序拆除。

　　消息传出后，虽然附近干工程的也想承包拆除，但他们更多考虑的是能否赚钱，而我们觉得安全才是最重要的，所以专门让负责后勤的同志联系专业的拆迁队，看了他们在其他地方的工作视频后，才放心地委托他们拆除。

　　他们有拆除楼房的丰富经验，即便是五层楼也是上下一次性倒塌到位，我们的三层老教楼东西各有配楼，害怕拆除时影响两边的配楼，专门交代拆除时要格外小心，不能碰到配楼。趁下午自习课多，不影响学生上课，周围都安排教师把守，不让任何人靠近，四周还拉有警戒线，只用了两节课时间就完成了拆除工作。

　　下课时，同学们在楼上看着他们一个月前还在用的教学楼轰然倒下，发出一阵阵惊呼声。带着老教师们的回忆和一丝惋惜，陪伴学校40 余年的老教楼完成了使命。不过，老教楼拆除以后，整个校园的视野开阔了，格局大了，每个人都感觉心里很顺畅。

　　负责拆迁的老板事后说："你们校长判断的真准，过去的建筑没有用混凝土，都是砂浆，拆除时机械一碰就垂直倒下，再用真的很危险！"

这些年，学校一直积极努力筹措资金，不断改善办学条件，我们只有一个信念：给学生创设更加优美的学习和生活环境，办人民满意的家门口的好高中，把更多无缘上重点高中的孩子，培养成合格的人！

# 操场周围的刺柏

▼

　　刚来学校时，我发现一个奇怪的现象——学校的操场很大，占地约 9 亩，有一个标准的足球场，标准的 400 米塑胶跑道。但奇怪的是，操场周围种着一人高的刺柏，像一堵围墙一样把操场围了起来。操场平时一直锁着，除了体育课可以由老师带着在里面活动，其他时间是不能进去的。

　　虽然大家都感觉别扭，但是，里面经常有各种违纪现象发生。这样围起来了，违纪减少了，也保护了操场（操场是花了几百万刚建的标准 400 米塑胶跑道）。了解情况后，我就召开班子会讨论，上级投入这么多资金建这个操场究竟是为什么？大家一致认为是为了方便师生锻炼。我开导大家说："我们因为害怕学生跑到操场打斗，怕学生弄坏跑道就把操场封闭起来，是不是有点'因噎废食'？再说了，这么好的活动场所用刺柏围起来，我们自己想进去锻炼都不能做到，是不是有一种'如芒在背'的感觉？"

　　经过讨论，大家统一了思想。为了让师生可以在课余时间有个自由活动的场所，加强体育锻炼，增强体质。本着围堵不如疏导的原则，先立规矩约束违纪学生，再细化场内体育锻炼要求，然后拆除刺柏"围墙"，变成开放式操场，并且在操场周边栽种桂花树及花草，改善环境，让孩子们在鸟语花香中读书锻炼，更有益于身心健康。

　　"围墙"拆除以后，区领导又联系爱心人士捐赠了一批桂花树，校园里每年的收获季节都是丹桂飘香。再后来，市文广旅体局又捐赠了一批健身器材。操场里，不但每年可以举办全区的中小学生运动会，而且每天都有无数师生锻炼的矫健身影，这里成了大家的乐园。

# 海棠书院卧牛石

▼

2019 年春节，趁着寒假时间，校园内过去高低不平的杨树园，经过一番侍弄，华丽转身变成了海棠书院。几棵老白杨树因为春天飘絮被处理掉了，栽种了海棠树，树下铺成了草坪。进入书院，首先看到的是一块大卧牛石，上面"海棠书院"四个大字格外醒目。这是由学校国家级书法家钮老师行书题字，著名雕刻家手工雕刻而成的。

因为这块石刻"匾牌"就在路边，经常有来校参观的书法家品评，整体看"飘若浮云，矫若惊龙"，仔细观笔势连贯劲健，笔画朴拙、厚重、大气。

说起这块大卧牛石，还是有故事的。它在"来"这里之前，一直在学校大门口西侧的杂草里卧着。平时教师家属经常带着小孩子在那里玩耍，几个三五岁的孩子在这块大石头上爬上爬下，老是让我提心吊胆的。万一磕着了，或从上面掉下来，不单会磕伤小孩，还容易产生纠纷，损害教师与学校的关系。经过学校领导班子研究，决定把杨树园改建成海棠书院，把大门口的卧牛石移过来做成艺术石刻"匾牌"，发挥卧牛石应有的价值。

每年新一届学生入校后，我都和班主任老师带着大家熟悉校园，给同学们介绍学校的各种场馆及教学设施的布局及作用，讲好郾城高中的故事，培养学生对学校的感情。当大家在这里驻足时，我除了讲述这块卧牛石的故事，还要告诉同学们：同样是这块石头，在不同的位置，经过不同的设计，就有了不同的价值和意义。而你们也是一样，在不同的学习环境中受到文化的滋养，经过不同老师的培养，相信你们一定会发挥自身的价值，即便是"顽石"，也能变成令人赞叹的"精品"！

# 知非亭

▼

2019年10月是学校建校五十周年，为了传承学校文化及优良校风，联络师生感情，鼓舞士气，经过充分酝酿，学校决定举办五十年校庆。学校把已经成为危房且有碍观瞻的学生厕所扒掉，改建成了小游园。游园内校友捐建了一座木质小亭，方便学生休憩读书。亭子建好后，想给它起一个合适的名字，但是，大家拟了许多又都觉得不是太恰当。

就这样一直拖着，过了整整一年，一天，学校原副校长刘德民突然说："这个亭子叫知非亭吧。"等他说明了缘由，大家都抚掌称好。

原来"知非"是有典故的，是五十岁的代称，它出自《淮南子·原道训》："伯玉年五十而有四十九年非。"意思是伯玉在五十岁那年，突然醒悟，反思自己前四十九年是不是说了很多不恰当的话、做了很多不恰当的事情。以后比喻一个人只有不断反省，才能不断进步！

此亭为建校五十周年而建，该亭取"知非之年，如日当中"之意，因此叫"知非亭"再恰当不过。同时建在校园内，除了方便师生"闲庭漫步"，坐在亭下读书以外，由亭子的名字提醒大家要经常反思、不断进步。

名字想好以后，我们又专门请全国著名书法家、中国书法家协会副主席毛国典题字，毛先生听说是为老家河南的农村学校题写，便欣然命笔义写了"知非亭"三个字。

如今，此亭已成为学校一处代表性景点，并以其独特的造型，优美的环境，深刻的寓意，为广大师生所钟爱。我相信，凡是郾城高中毕业的学生，都会永远记住这座值得他们珍藏内心的"知非亭"！

# 高端大气图书馆

▼

　　学校西邻的第三栋老厂房按程序购买后，我们仍然进行了安全鉴定，决定改造成图书馆。在前两栋装修经验的基础上，依然保持"修旧如旧"的风格，重点在艺术风格上做提升。

　　整体设计为两层，一层包括大厅、书柜、阅览区和举办读书会的区域。二楼重点是杂志书报的书架、几大学科举办读书沙龙和学科探讨的区域，布置有茶几和沙发。

　　外观整体是苏氏建筑风格，前面是苏式门楼，门楣上是一块橡木匾额，上刻"郾高书院"四个大字，苍劲有力，为全国著名书画家张富君手书。进门入大厅，迎门是一副竹简雕刻的影壁墙，内容为郾城高中副校长兼语文教师、河南大学研究生李松涛创作的《郾高赋》，该作品先后修改20多次，广泛征求郾城高中老校友、老教师、河南大学文学院博士生导师等名家的意见建议，由漯河市文联原主席、书协主席张富君独创魏碑加隶书倾心书写，知名雕刻家刘喜周手工雕刻，艺术价值很高。

　　影壁墙背面是一幅高8米、宽7.2米的"汉字文化墙"，内容为郾城高中的校风校训，整体设计是按照甲骨文、金文、小篆、大篆、隶书、楷书等演变史布局，因为最初的有些字没有甲骨文，所以有的地方需要空着，比如"严苦奋争"的严字。这样空的地方太多就缺乏美感，所以空的多的地方就用其他字点缀。汉字文化墙下面是一个小舞台，墙中间留有安装大屏幕的位置，可以在这里举行读书会，通向二楼的楼梯还可以当做听众的座位。

楼梯两边的博物架上，是文物爱好者陶秋阳老师捐赠的珍藏多年的文物，目的是让学生了解更多的文物知识。他说："放在我家里独乐乐，不如放在学校让同学们众乐乐。"学校感谢他的爱心之举，专门请书法家钮伟涛给他写了捐赠收藏证，并承诺如果将来这些文物升值了，还可以凭收藏证物归原主。

除了设有九大学科读书园地，一楼还设有"爱国卫生运动"学习园地。还有河南大学爱心书柜，存放有河南大学捐赠的上千册图书；还有毕业生优秀笔记专柜，是这几届优秀毕业生捐赠的，可供学弟学妹借阅参考。每个书柜里还有一小段香樟木，是从我们学校院内的香樟树上锯下的，作用是防止蛀虫毁坏图书。

# 筹建党史校史馆

▼

2018 年年底，为了展现郾城高中这所农村学校坚守半世纪，虽历经风风雨雨，仍能蓬勃发展的精髓，挖掘其精神内涵，更好地激励学生，同时也是响应党的十八大号召，加强学校党的建设，学校通过召开教代会，决定购买西邻机械厂闲置的两栋老厂房，将其中一座装修成党史校史馆。

经向有关部门汇报，学校开始按程序进行。首先召开学校班子扩大会议，讨论确定购买机械厂部分厂房及土地。会后，我们一边请律师和有关人员一起和厂方商谈，一边召开教代会扩大会议，请大家讨论机械厂部分厂房及土地是否值得购买。起初有个别老师认为，花钱买这破厂房有些不值，不如把钱发给大家。对此，我讲了两点意见：一是即使不买这些厂房，也不可以给大家乱发钱，那是违规的；二是学校急需房子，如果现在不买，将来很难再有机会，至少这个价钱买不了，况且还得花几十万盖房子。经过商讨，大家一致通过同意购买。经过与厂房主人多轮磋商，最后以 90 万元的价格达成意向。

事情定下后，当晚我和财务老师去厂里签订由律师拟好的合同。可是当我们拿出合同后，厂长妻子生气地说，她不同意这个价钱。我说："大家本来啥都已经商量好了，现在如果不想卖也行，我们不买了，大不了我丢个人，但对你们没啥好处。老师们和周边群众都知道我们要买你们的厂房,你们却出尔反尔不讲信用,以后没有哪任校长再敢跟你们谈了;即便有人跟你谈,人家也不放心。二是目前你们急需发展资金,如果你们的厂房现在不卖,等过几年,房子一旦坍塌,整个厂院就更不值钱了。三是目前这个价格是经过多方核定的公平价位,你们不算亏。我们请律师是为了更规范,对双方都有好处,价钱绝对不存在欺诈。"同时,我又很体谅地说:"我理解你们此时的心情,就像自己养了几年的家畜,一旦要卖给别人时,出于感情一时舍不得,可以理解。"厂长夫妇听了我入情入理地陈述,最后只好借口给我个面子,签了合同。

通过这件事我反思了很多,但有一点必须记着:做什么事,不论是多么出于公心,都应该坦诚,对别人真诚,最终才能做成。

买下老厂房要装修党史校史馆的消息传开后,老教师、老校友大力支持,纷纷提供实物、图片、文字等资料,在区委组织部的大力支持下,仅用三个月时间就装修布展完成。建成之后,每年开学,学校都要组织高一新生参观党史校史馆,进行爱国爱校教育、励志教育。区直各单位、各中小学也经常来参观、学习、开展党建活动,每年参观人数近万人。党史校史馆发挥了积极的作用,正像党史校史馆内的一副对联所说"历史的记忆是永恒的,榜样的力量是无穷的"。2020 年 4 月,该馆还被市委组织部命名为"百优党员教育基地"。

# 美术馆

▼

　　2020 年 5 月，学生学习美术、书法的越来越多，教室紧张，但学校一直调配不出教室，无法满足需求。美术老师发现学校新餐厅建成投入使用后，餐厅后厨二楼平台闲置，非常可惜，便联系爱心人士设计建成美术馆，捐赠给学校。美术馆于 7 月份施工建设，9 月份开学投入使用，总建筑面积 500 平方米。

　　美术馆的建成，不但解决了学校餐厅后厨的防水问题，还消除了餐厅二楼的安全隐患，更重要的是为学生提供了高标准的学习场地。

# 厕所变形记

▼

2005年，为方便学生如厕，学校在教学楼西南角修建了男女生厕所，随着学校的发展，厕所西边建设了大操场、足球场、标准跑道等。到2019年年初，厕所的位置成了学校的中心位置，而厕所也因长期被风雨侵蚀，墙体开始大面积脱落，斑驳破落的厕所严重影响了学校的美观，同时也产生了安全隐患。

学校班子会研究后，决定拆除有安全隐患的旧厕所，重新规划建设新厕所。经向区财政局请示，向教育局报告后，于6月暑假期间，扒掉了旧厕所。学校请专人设计了师生休闲怡情游园，含假山、荷塘、喷泉、溪流、石桥和一座小土山。怡情游园在旧厕所原址建设，后来又建设了知非亭、文化长廊等，与2018年修建的海棠书院相映成趣。

怡情游园建成以后，课外活动时间，经常有师生在此游玩，廊榭环绕书声，亭下吟诗赏景，成为郾城高中一大亮点。

# 名人群雕

▼

2019年7月，学校在正对北大门内70米处建设了一座高3米、长16米的影壁墙，影壁墙上用"周体"书写了"为中华之崛起而读书"，激励学生好好读书，报效国家。影壁墙建成以后，为了丰富校园文化，对学生进行励志教育，通过爱心人士的捐赠，学校专门聘请全国知名雕塑公司设计雕铸了六尊铜像。分别是：教育家陶行知、科学家钱学森、艺术家齐白石、文学家鲁迅、桥梁专家茅以升、水稻之父袁隆平。要雕铸哪位名人，我们都经过了认真讨论，比如：我们学校一直注重活动育人，与陶行知的教育理念知行合一相吻合；我们是一所农村学校，所以雕铸了水稻之父袁隆平；茅以升曾鉴定小商桥早于赵州桥，所以雕铸了桥梁专家茅以升；因为我们录取的学生基础差，这几年通过艺术考入本科的较多，所以雕铸了齐白石；我们学校的文科一直处于全市领先地位，学校尤其注重语文学科的教学，就选取了鲁迅；我们还经常激励学生要争当科学家报效祖国，就选取了钱学森。

每尊雕像高1.8米，上半部为纯铜铸造，下半部为芝麻灰大理石基座，整体效果庄重典雅、古朴大方，具有很强的视觉冲击力。雕像完成后，雕塑家宫旭鹏听说我们是一所农村学校，特意减免了一半费用，又专门派车把雕像送来帮助我们安放好。名人群雕建成以后，经常有学生和家长驻足、合影，激励了无数郾高学子奋发有为。

# 校园钟声

▼

在党史校史馆门前，有一棵树龄约 60 年的老枣树，枣树上挂着一口别致的大钟，大钟是用没有爆炸的炸弹皮做成的。这口钟的旁边立着一块牌子，详细介绍了这口钟的来历。

抗日战争时期，日本轰炸小商桥火车站，其中一枚炸弹没有爆炸，没入地下。到 20 世纪 60 年代，国家整修车站时把它挖出来，技术处理消除危险后，这枚炮弹的外壳被送给学校做信号铃使用。当时商桥镇政府餐厅的厨师。看中炸弹皮钢材好，便切割下一段打成了菜刀。剩下的部分作为学校的信号铃，少了下面的一段，铃声反而更加悠扬响亮，此后很长一段时间，清脆的钟声回荡在学校上空，成为商高人心中不灭的记忆！

如今，这口钟作为爱国主义教育的实物，见证着日本帝国主义侵略中国的那段历史！同时也见证了学校艰难发展的历史！

每当有人来校参观或者每届新生到校以后，我们都会带他们参观党史校史馆。在参观党史校史馆之前，都会先介绍这口钟的故事。

# 音乐馆

▼

　　2020 年年底，学校购买了第三栋机械厂老厂房后，把老厂房改建成高端大气的图书馆。老厂房西边是一片杂草地，垃圾遍地，工人整理时里边还有老鼠、蛇等，很不安全，也不雅观。

　　次年元月，由音乐老师提议经学校同意后，联系爱心人士出资设计建设成了音乐馆，又整理出占地 2000 平方米的小院，建成 30 间教室的音乐馆。在这里教授具有音乐特长的学生学习艺术，不但有钢琴、古筝、电子琴、吉他、笛子，还有架子鼓、声乐等功能室。每年为学校培养音乐本科生百名左右，有效地促进了学生成才。

# 太阳石

▼

立于 2019 年 3 月。太阳石学名日光石，石面自然形成太阳图案，散发着强大的能量，可驱走黑暗，给人们带来积极和光明。它朴实无华、坚韧顽强，如同师者一样，燃烧自己、奉献着光和热。

该石最初设立于 20 世纪初，位于学校原中心路西侧、应着东大门，原为"面壁九思"。新大门（北大门）建成后，该石在原位置与校园布局不太协调，经教师提议，于 2019 年 3 月移置北大门东侧，石面烫金雕刻"旭日东升"，寓意学校蒸蒸日上，书体为学校副校长、全国知名书法家钮伟涛书写。起初，太阳石基座上没有说明，2019 年 5 月，漯河市政协副主席、漯河市教育局原局长曹代颖来校参观后，提议把太阳石基座加以说明，便于观赏者理解。

# 校内高压线

▼

几年前，学校里没有一条正路，进出车辆很难通行，更别说家长的车进校园接送学生了。校园内仅五层教学楼（今尚德楼），西边有一条南北贯通的道路，但道路中间却架了一路高压电线杆，从校园南端往北一直到校园外，跨越整个校园。再说高压线路在校园内也存在安全隐患。大家早就想把这路高压线拆除，可是因为是铁路上的专线，拆除不了，所以一直协调不下来。

我详细了解情况后，提交班子会讨论，同意协调拆除高压线。我就找有关部门咨询情况，向教育局、区政府等有关领导反映，分析这路高压线目前的作用，拆除后如何替代，既解决学校的进出问题，又不能影响铁路用电的正常。经过近两个月的协调、运作，高压线终于移走了，接着趁周末大休学生离校时间，电线杆也被拆除了，打通了校内西边的主干道。

再后来又拆除了尚德楼西边凸出在主干道上的钢梁楼梯，教学楼西边成了南北贯通的六七米宽的大道。之后又协调资金硬化了道路，可以多车道行走，大休时方便家长接送孩子。

后来，尚德楼东边的三层老教楼也拆除了，修成了一条南北贯通的六七米宽东主干道，与西边大道形成闭环通道，再也不用担心堵车了。

---

**按语**

# 以空间致敬教育，用行动塑造未来：
## 一个学校的创新与重生

　　校园建设不仅仅是教育理念的具体实践，也是学校资源配置优化整合的一种深度考量，更是一种文化氛围的重要营造。在校园建设进程中，一系列的决策与实施，不仅展示了学校的决心与智慧，更反映了一个学校对于教育环境的尊重与投入。从改建报告厅到重新规划操场，从排除安全隐患到建设图书馆等，这一系列动作都为我们描绘了一个更加完善、更加人性化的教育环境。

　　改建报告厅表面看来是一个极度无奈，深层来看却是一项颇具创新意识的决策。学校旧物利用，修旧如旧，建设中节省了150多万元的费用，充分体现了学校在建设过程中的节约意识和创新思维，这不仅为学校提供了一个必要的活动场所，更为教师和学生搭建了一个聚集、交流和学习的平台。报告厅的建设，象征着学校对于学生全面发展的重视，也反映出学校对于教育质量的不断追求，更在无形中提升了学校的整体形象和影响力。

　　在处理公务小轿车的问题上，学校选择了卖掉小轿车并让司机重返教学一线。这个决策凸显了学校对于教学质量和教师角色的高度重视。司机重返教学一线，补充了教师队伍，又规范和明确了用人方向：更好满足学生的学习需求。

拆除三层教学楼危楼，打通南北通道，铲刺柏、拆围墙，变开放式操场，更体现了学校对学生安全和校园环境的关注。这些改造让校园变得更加开放、自由和安全，为学生提供了一个更加舒适的学习和生活环境。

对于有碍观瞻的破旧厕所拆除并改造成凉亭游园的决定，反映出学校对于美育教育的深度理解和不断追求。这样的改造不仅提高了校园的美观度，也使校园更富有文化气息。

改建高端大气的图书馆，无疑是对学生学习需求的最大满足。这样的设施不仅可以丰富第二课堂、扩展学生视野，更能够提供给他们一个汲取知识、润心养性的学习空间。

党史校史馆的建设，不仅记录了学校的发展历史，也为学生提供了一个了解国家历史和传承红色基因的重要场所，彰显了学校对于学生素质教育的重视。党史校史馆门前的古钟，敲响历史的记忆，见证学校的发展，蕴含爱国主义教育的信息，时刻提醒学生们不忘国耻、热爱祖国，体现了学校对于爱国主义教育的重视。新馆与古钟交相辉映，共同完成历史的赓续，正应了党史校史馆内的一句标语：历史的记忆是永恒的，榜样的力量是无穷的！

音乐馆、美术馆的建设和太阳石的设立，都为校园增添了更多的艺术气息，为学生提供了更多的学习机会和学习资源，丰富他们的课余生活，培养他们的艺术素养。

这些设施不仅可以让学生更好地了解学校的历史和文化，更能够培养他们的艺术素养和审美能力，同时也践行了学校环境育人的理念。

名人群雕的建设，为学生提供了一个近距离接触历史名人的机会，让他们在了解名人的过程中感受到历史的厚重和文化的魅力。

这些雕塑不仅代表着学校对于杰出人物的尊重和纪念，激励学生们向这些人物学习，追求卓越，同时也为学生提供了更加生动有趣的历史教育课程。

移走影响交通的校内高压线，显示了学校对于学生安全的关注和对于校园设施的升级改造。

总的来说，这些决策的有力实施，都充分展示了学校对于学生全面发展的重视和对于教育环境的投入。每一个决策都充满了智慧和远见，每一个动作都体现了学校的决心和努力。这些改变不仅让校园变得更加美丽、安全和舒适，也为学生们提供了更加丰富、多元的学习和生活环境。在这个过程中，我们看到了学校的创新与决心，看到了学校对于学生和教育事业的深深热爱。

# "应试中举"碑

▽

　　学校主路南端的路边，2022年11月6日立了一块红色大理石石碑，上刻"应试中举"几个大字，红底青字，行书书体。基座上专门记载了立这通碑的前因后果。

　　原因是区林技中心的一位同志，听说榉树有特殊含义，为了激励学生勤奋学习、争取考上名牌大学，专门从南方买来十几棵榉树，捐赠给了学校，学校才立石以记。

　　榉树是榆科榉属植物，国家Ⅱ级重点保护野生植物，树姿端庄，高大雄伟。相传，天门山一秀才屡试屡挫，妻恐其沉沦，便在门前石上种榉树，激励其发奋读书，期望中举，榉树竟和石头长在了一起，秀才也如愿以偿。因"硬石种榉"与"应试中举"谐音，从此，便有众学子至树前许愿立志，我国南方就留下了学校门前种榉树的习俗。

　　林技中心的这位同志听说了这个传说，感觉对高中学生具有意义，这才想着也让我们学校门口种上榉树。近几年，有许多家长给学校捐赠树木，有捐香樟树的，有捐枣树的，还有捐石榴树的，都是希望学校多培养优秀学子，早出名牌大学学生。

　　这也从一个侧面说明我们学校在社会上的口碑和家长对我们的期待！

# 励志石

▼

　　立于 2019 年 10 月，乃郾城高中校友为庆祝建校五十周年捐建。高 3 米、长 6 米，为"万年红"大理石材质，上刻"云帆初起兮感之念之""业伟道远兮思之行之""追梦报国兮忠之永之"。

　　题词是由时任漯河市文化广电旅游体育局副局长、学校 1981 届校友党明杰拟，意为：回顾学校发展，学生应感念师恩；学校发展起起伏伏，要打造百年名校这一伟大事业，道路坎坷，需要历届校领导慎思慎行；后继郾高人要实现报国梦想，必须永怀一颗忠心，为国育才！左上一个硕大"省"字，红漆雕刻，遒劲有力，旨在提醒大家要"每日反省自己"。整幅作品由中书协会员、学校老师钮伟涛题写，聘请河南省著名雕刻家刘喜周雕刻。

　　励志石竖立以后，经常有毕业生在此合影留念。

# 饱含深情老物件

▼

筹建党史校史馆的决定确立以后，学校开始多方搜集跟学校有关的、有纪念意义的老物件。邀请发出以后，许多老校友纷纷打电话或者到学校提供线索，或者直接把精心珍藏多年的老物件送到学校。

学校这边专门成立了一个小组，边督促设计建设党史校史馆，边搜集整理老物件（为布展做好准备）。有老照片、旧图书、连环画、珍贵的档案资料，有生活用具、教学用具，有脚踏风琴、算盘、口琴，还有书信、老校长的讲话稿等等，每一件都称得上"文物"，每一件都承载着学校的发展历史和老校友的深情，每一件都弥足珍贵。

最珍贵的是 20 世纪八九十年代手刻试卷的钢板、老校医背了二十多年的医药箱。还有介绍爱国卫生运动的报纸 1958 年的《人民日报》——我们专门将它布置到了病媒科普馆里，让前来调研的省卫生健康委的领导赞叹不已。省爱卫办为了表彰我们对爱国卫生运动所作的贡献，还专门为学校颁发了"特别贡献奖"。

党史校史馆建成以后，学校每年组织新生参观，校领导、班主任认真给他们讲解学校发展史，讲述学校优良的校风、学风，讲好郾高故事，激发大家爱学校、爱教育的热情，激发对党的忠诚。除此之外，我们还经常接待周边群众、老校友、兄弟学校的师生参观，接待其他单位的党员来这里了解党的发展史、教育史，重温入党誓词，开展党建活动。学校党史校史馆被市委组织部命名为"百优党员教育基地"，老物件发挥了重要作用。

这里是重温青春岁月的相思地，这里是联络纯真感情的友谊场，这里是激发大家斗志的舞台，这里是照亮前进方向的灯塔，这里的老物件会说话。

# 文化育人

▼

也许是因为我在文化部门工作多年，因此，我感觉以文化人胜过口头教育。于是，我们多次开会研究如何打造文化校园，通过文化的潜移默化作用，达到育人目的。

前些年，校园周边有个别群众经常到学校生一些是非，找一些麻烦。我们就让学校的书法老师在校门外的围墙上，用大红色隶书书写"与学校为邻、与知识相伴、与文明同行"，以此达到教育周边群众的目的。

学校大门两侧，专门写上"立德立行、甘于奉献"来要求老师，"苦学苦拼、辉煌人生"来激励学生。正对学校大门的寝室楼顶，用钢架立着"凭良心办学　按党章办事　懂规矩做人"作为学校的定位，第一句是对家长和学生的承诺，第二句是表达对党的忠诚，第三句是对师生的要求，晚上灯光照着，周边的群众也能看到。

教学楼上，专门请著名书法家书写"爱学生胜子女　敬老师如父母"，引导教师关心学生，教育学生对待老师要像对待父母一样尊敬。

另外，大门外正对大门是"止于至善"，校内南端正对主干道是"博学修身"影壁墙，校园内"立身以立学为先　立学以读书为本""人求上进先读书　鸟欲高飞先振翅""在快乐中求知　在动态中探索　在情感中展现""阅读使人完美　思考使人深刻"等名言警句随处可见。

为打造寝室文化，男寝门口是"笑迎朝霞做阳光少年　身披星斗成谦谦君子"，女寝门口是"袅娜媛姝盈秀气　巾帼英贤胜须眉"的对联。每个女寝室，让大家想一句体现寝室特色的语言，做成小版面布置在寝室门框上面。进到女寝楼里，"日出唤醒大地　读书唤醒大脑""当有趣的灵魂碰撞在一起　那便是友情开始的瞬间""一室不净，何以净一生；一语不雅，何以雅一世""抱怨身处黑暗　不如提灯前行""如果不努力　可望不可及"等不同的寝室文化成了一道亮丽的风景线。

通过营造校园文化氛围，让同学们在日常生活中，不断经受潜移默化、润物细无声的浸润，学生的气质和文化品位明显提升，家长好评如潮。

校长，我仰慕你很久了。

你平常的事迹我知道的不少，但还是听过几件事。

怎么说，你是我至今为止认识的最正直、最善良的人。

你的做法使我深深地感到佩服，由衷地感到敬佩。世界上真的有这样的人啊！我很开心，因为我找到了方向，你就是我心目中想要成为的人。你的品格已经烙入我心，我的将来要活成你的影子。

我真的特感谢在我成人之际高中这个人生重要阶段认识你，你代表着一类人——具备最高尚品格的人，这将在我心中种下种子，这颗高尚的种子，我一定要凭借自己的实力去让它生根、发芽、长成参天大树。

这将影响我的一生，你带给我的财富真的很大，我觉得是无量的，这将我的生活带入了一个新的高度。

我喜欢你，校长，我想，这绝不是我一个人的想法，一定有许多同学会和我一样被你温暖，被你感化。

请相信吧，我们学生定不负你期望！

我们高二愿为你披荆斩棘一片天

# 高雅艺术进校园

▼

在文化局工作时，我知道政府有文化惠民项目，每年都会组织省市文艺院团开展送文化下乡活动。我想我们学校身在农村，大部分学生都是农村的孩子，更应该接受一些艺术的熏陶。

于是，我便多方联系，看有没有公益演出项目，送给我们学校的孩子们。功夫不负有心人，正好6月份省民族乐团有一场公益演出，我讲了我们学校的情况，说了农村孩子对艺术的渴望，他们很理解也很支持。

经过多次沟通演出的有关细节，6月19日下午，河南省民族乐团如期到学校开展艺术进课堂活动。这是2018年经典国乐进课堂系列的一项活动，经过与省文化部门老师联系，他们在李霞团长的带领下来到学校，虽然我们学校条件简陋，但是师生们热情都很高涨。

学校提前做好预案，明确哪位老师到临颍下高速107路口接，谁在商桥路口接，谁在学校负责等。由于他们的大巴太高不能过涵洞，只能停在镇政府，我和几位老师开车到镇政府接演员、拉乐器。到了学校同学们争着当志愿者，帮助搬的搬、抬的抬，演员们被我们这种朴实的感情所感动，演出时都拿出最好的状态，表现出对艺术的尊重，尽管当时的学校礼堂很小、很破，但是演出效果却很好。对我们农村的学生来说，能在学校欣赏到这么多高雅艺术，又学到了不少音乐知识，大家都特别兴奋，有的同学毕业多年仍记忆犹新、津津乐道。

我们还专门邀请了区教育局的有关领导、派出所的干警一起欣赏。学校请电视台的记者进行了全程录像，留存资料，让以后几届的学生都可以在周末观看欣赏。

# 建设中阮教学基地

▼

2018年6月，河南省民族乐团到学校开展高雅艺术进课堂活动，令人震撼的演出效果，给观看演出的师生留下了深刻的印象，尤其是中阮这种乐器，很多学生是第一次见到，感觉特别新奇。后来经常有学生问我能不能让他们学习中阮，也有家长打电话反映，孩子回家后经常说想学中阮，并且自己下载视频学习。

2019年的一天，一位班主任让我看她们班一个学生的一段日记："校长从省会为我们请来了河南省民族乐团，让我们第一次欣赏到这么高雅的艺术，并且是免费的。同学们都感到很震撼！我多次梦到自己也学会了弹奏中阮，在很大的舞台上给观众演奏，台下掌声一片。我激动得惊醒后，感到很失落。唉，什么时候校长也把老师请来教我们就好了。"

看了学生的日记之后，我的心久久不能平静，学生有对艺术这么炽热的爱，我们一定要保护好这种激情，满足她们的求知欲，说不定我们也能培养出未来的艺术大师呢！我和班子成员沟通后，大家一致认为我们学校可以考虑开设艺术课，但省里的专家愿意从郑州来学校给学生上课吗？

我抱着试试看的态度，尽快联系了省里艺术方面的专家老师，当对方听了我的想法后很是感动，也很热情地表示愿意帮助我们学校引入这个专业，但是，前提必须有老师愿意过去长期代课，郑州到漯河还是有一定距离的，长期的发展就要有固定的师资力量坚守才可以。说实话，从高中零基础开始学习音乐，本来就是一个挑战，更何况还要参加高考，中阮虽是个处于普及与发展阶段的小众乐器，但近年来已经看到有许多艺术生在关注这个专业了。功夫不负有心人，令人兴奋的是，没过多久，从郑州传来了好消息，可以特聘河南省民族乐团中阮首席李佳欣担任学校中阮班的专业老师，接到信息后，我们专门去郑州与她商量了具体事项。2019年4月28日，河南省中阮教学基地在学校正式挂牌，成为河南省唯一的高中示范点中阮教育基地，河南省民族管弦乐学会会长方可杰、河南省曲剧团作曲家赵红梅一起到郾城高中亲自授牌。

在踊跃的报名中，最终中阮班以35名学员正式开班了，以近似公益辅导的形式，让同学们不出校门就得到了专家的亲自授课，每周一次乐理视唱、一次专业指导，风雨无阻，孩子们利用课休时间、晚读40分钟练琴。因艺术课程只能安排在晚上自习时间，白天不能耽误文化课进度，所以，代课老师都是下午3点多坐高铁从郑州出发到漯河高铁站。学校地处小商桥镇，高铁站到学校还需要40分钟车程，非常不方便。由于学校教师队伍不宽裕，每次中阮老师来学校上课都是我自己开车，提前几分钟到高铁站等着，接到学校后，她们简单在学校餐厅吃点饭就开始给学生上课，一个半小时后，我再送她们去高铁站乘车，等她们上车后我再返回学校。每次我开车来回四趟得两个多小时，加上她们上课的时间，将近四个小时。

付出终有回报，2021届毕业生，学校首批中阮班学生报考29人，占全省中阮考生的一半，其中27人过艺术统考本科A、B段录取分数线。在近五年的高考中，不断有学生考入省内外大学，如：湖南城市学院、周口师范学院、西亚斯国际学院、洛阳师范学院、河南艺术职业学院等。

中阮教学基地，不仅把这些农村孩子引上了成功成才之路，也把他们引上了高雅艺术的美好殿堂，让他们的世界变得一片辉煌！我们为此感到自豪和骄傲！

# 解读《郾高赋》

▼

学校图书馆建成以后，专门设计了竹简式的影壁墙，高 2.8 米、长 7.2 米，既古朴大气，又颇具书卷气息。学校讨论后决定由语文教师、河南大学硕士研究生、副校长李松涛执笔撰写一篇《郾高赋》，雕刻在竹简上。

初稿 781 字，我们发到教师微信群和校友微信群里，征求修改意见，同时我也和刘校长逐字逐句斟酌修改。学校教师、老校友纷纷提出好的意见建议；河南大学文学院的领导也专门请河南大学教授帮助修改润色；我还转发给《中华辞赋》副总编王改正老师帮助润色……大家提出了许多真诚中肯的意见，我们前后修改了 20 余稿，定稿 366 字。成稿以后，我们聘请全国著名书画家、漯河市文联原主席张富君倾情书写，集魏碑与隶书于一体，既苍劲有力又极具美感，并请雕刻家刘喜周手工雕刻。目前呈现出的是三绝（文学、书法、雕刻）作品，赢得了所有参观者的一致好评。

从 3 月开始，我利用晚上自习时间，分别入班为学生解读《郾高赋》，通过讲赋的有关知识、学校的历史和成稿过程，带领大家领略其优美的辞赋语言，点出一些典故的背景，充分调动大家的思维和学习兴趣，激发大家的激情，以此让学生喜欢语文，享受语文的魅力，激发大家热爱学校，树立远大的理想，也给同学们留下了思考的空间，给老师们留下补充解读的余地。

因为这篇赋中涵盖有许多高考的语文知识点，从 2022 年开始，语文组每年组织学生举行背诵比赛和默写比赛，学生参与的积极性空前高涨。

# 自驾去衡中取经

▼

　　每年衡水中学都会举办教学管理观摩年会，来自全国各地的很多高中学校都会学习取经，我作为教育战线的"新兵"，当然需要去取经了。

　　今年我想带着三个年级的主管去，目的是结合各年级特点，分别学习各自的侧重点和管理技巧。班子会讨论时，在如何去这一问题上，产生了不同意见。有的说外出学习就是放松的，坐高铁、住宾馆、按出差报销，既符合规定，又合情合理；我和一部分人的意见是，其他人在学校认真教课，我们几个去学习提升，学校条件允许的情况下按政策报销当然无可厚非，但学校这几年需要花钱的地方多，学校经济情况又不容乐观，不如自己开车去，尽可能地节约开支。

　　虽然有人觉得这么大的学校没必要这么抠，但因为我也是参与者，所以我说开自己的车，路上我们四个轮流着开车，保证三个人可以休息。500多公里，近6个小时的路程，一路上我们四个有说有笑，一点也不感觉累。到濮阳服务区时，我们拿出带的面包、纯奶、香蕉等，吃着、喝着、调侃着。

　　连同在路上的时间，我们度过了3天充实的生活，大家都觉得这次比哪次学习收获都大，而且我们仅花费1000多元，相当于正常差旅费用的四分之一，不仅减少了酒肉之累，还收获了精神的愉悦和管理的感悟。

正是这种谦虚低调务实的作风，让我们学校在短短几年中，教育教学管理水平不断提升，也赢得了社会各界的广泛认可。

所有这一切，值了！

# 第一次照毕业照

▼

　　在我调入这个学校之前，连续几年，高三毕业生一直没有照毕业合影，我想高中三年是人生的重要时期，同学们在学校与同学、与老师、与学校，一定有许多值得回忆的事情，怎么能不拍张集体合影留念呢？照毕业合影可以给同学们和任课老师重要的仪式感，它可能会让大家用一生来回忆。

　　第一年，我提议学校班子成员和各班任课教师一起，与各班学生照合影，留存纪念。意见统一以后，又让摄影师为难了。以哪里为背景拍照呢？大家的为难之处是现实的，教学楼最好的一栋也已经建设近 20 年了，大路吧学校就没有一条正路，餐厅残破不堪，大门刚建成还没有完善，由于近几年学校建设没有新的发展，几乎找不到取景的地方。

　　照相的师傅选了几个背景，都不太合适，只好在男生寝室前面学校大路上拍照了。这天气温很低，有四级风，我在照相前给每班的学生都简短地讲了几句，鼓励一下，希望他们利用好剩余时间抓紧学习，争取考入理想学校，走好走稳人生每一步。

　　老师和同学们没有照合影的意识，学校又没有统一校服，大家都不知道穿什么好，所以各班集合都很磨蹭。12 个班，从中午 12 点多开始，一直到下午 5 点才拍完。等照完了，我也冻得受不了了，想去住室换个厚点的衣服，学校办公室给我安排的住室，是在后面教工周转房的五楼，我还没走到住室，就接到主管副区长的电话，她和教育局局长陪同主管教育的副市长马上来学校调研，我来不及上楼换衣服，赶紧往学校大门口去，到大门口时，他们也正好赶到学校。

我陪着他们看了学校的教学楼、学生寝室、餐厅，我向领导们一一作了汇报。这些设施虽然有点破，但卫生都还不错。领导对我们的工作给予了肯定，鼓励我们要树立信心，振奋精神，学校会越来越好。最后，主管副市长问，目前学校哪些问题急需解决，我汇报说："目前最紧要的是教室不够，缺一栋教学楼。另外，由于学校地理位置偏僻，缺少一线教师。"

领导们商量后表示要先解决学生上学的问题，要多方筹措资金，尽快申请项目立项建设新教学楼。缺编教师暑假后教育局要向区里申请招教。

一路说着感谢的话语，送领导到大门外，风小了，举头仰望，晚霞映红了天，我顿感身上暖暖的！

# 教师回流

▼

　　学校教师一直缺编，遇到有老师请假，连个临时授课的老师都调换不开。经过近一个月的了解，知道学校还有 5 位教师，几年前被借调到市里重点高中，手续却一直办不过去，他们调不走也不愿意回来，就这样尴尬地挂着。学校的老师有意见，这几位老师也左右为难。

　　我了解情况后，就和学校班子商量，大家讨论后，决定让他们回来上课。这样既有利于学校发展，缓解教师短缺问题，又给这些老师回来找了个台阶，于是就让办公室通知他们来学校见我。

　　第二天上午，5 位老师如约来到我的办公室，3 位女老师、两位男老师，其中一位老师还是重点高中的快班班主任。见面后我很客气，倒茶后说："听说你们原来在咱们学校也工作了多年，这几年一直在重点高中借调，在为全市的教育工作作贡献。"我又话锋一转，说："借调的日子不好过，干一样的活儿，却很难得到一样的待遇，也不容易融入那个集体。目前对你们来说有三条路，一是你们今天都把手续转过去，真正成为重点高中的老师，学校这边可以帮助办理，绝不打绊。这应该比较难。二是现在我向区里书面报告你们的情况，几年没有在单位上班，是开除或者处分，听候上级处理，但我也不会这样做！毕竟当初你们借调时也是领导同意的。三是必须回来上课，因为学校也需要你们，你们也都是好老师，在自己单位上班踏实。"

　　他们听了我的话，既诚恳又有力度，还不乏温情，互相对视着沉默了一会儿，也都表示愿意回来，其中一位老师说："听说来了个新校长，俺几个也想着来见见你，今天听你这么说，也是个爽快人，我们服从学校安排，不过我在那边担着班主任，也得对那班的孩子负责，给我一周时间，我交接好。"

　　我答应了他们提出的分课、住宿等条件。中午学校召开了班子会，研究后决定把他们都安排到高一任课，因为牵涉调整其他老师，专门让刘校长在教师群里发了条信息，内容如下："各位老师好，原来借调到漯河重点高中的几位老师要回来上课，经领导研究决定先安排到高一，课表需要调整，牵涉哪位老师敬请谅解！"

　　他们回来后，教学积极性非常高。学生家长听说老师从重点高中开始往这里回流了，社会口碑开始好转。

# 以物言志，赋以文化之力，照见教育之美

在上述文章中，作者通过在学校中、校园内布置充满文化韵味的物件、创设具有文化创意的活动和制作体现传统文化的标语，共同营造出了校园文化建设的浓厚氛围，也充分展现了学校在文化建设方面的努力和成果。

文章提到了"应试中举"石碑的设立，榉树的寓意激励学生们不断追求学业进步，以期实现人生价值。

励志石的设立是对学校"严苦奋争"精神的深刻诠释。它不仅是为了庆祝建校五十周年，更是对所有毕业生的一种期望。这块石头饱含老校友的深情厚谊，上面刻着的字句是对学生的鼓励，也是对郾高同仁的鞭策。励志石就像一面镜子，时刻提醒学生们要忠心报国，要时刻保持一颗爱国的心。这种教育方式能够激发师生们的爱国热情和学习动力，让他们更加珍惜学习机会。

这些并不是全部，文章还提到学校在文化建设上的其他努力。比如那些珍贵的老物件，它们是学校历史的见证，也是学校文化的载体。这些物件不仅让我们回顾了学校的过去，更让我们看到了学校的未来。这些老物件见证着学校的历史变迁，也预示学校的繁荣和发展。它们以其独特的方式，向人们传递着学校的文化精神和教育理念，成为了连接过去、现在和未来的桥梁。

除了这些典型的物件和文化元素，文章还提到了学校在周边环境和内部设施方面的建设。例如，通常情况下，校园周边群众容易对学校和学生产生的传统意义上的误解，为了解决这个问题，学校决定从文化入手，在校门外的围墙上书写："与学校为邻、与知识相伴、与文明同行"，以这种温和而深沉的方式，提醒每一个从这里路过的群众学校承担着的历史责任和文化使命，也增强了学校周边的人文氛围。这种以文化人的方式，让教育更加深入人心，也使得学校与周边群众的关系更加和谐。

在校园内部设施方面，教学楼上的标语"爱学生胜子女　敬老师如父母"深深触动了每一位师生。这些标语不仅提醒老师要关心学生，也教育学生对教师要尊敬和感激。这种做法，不仅有利于增强学生们的归属感和凝聚力，也有利于促进师生之间的互动和交流，为学校营造出和谐、温馨的氛围。

寝室文化建设方面也下足了功夫。男寝门口的"笑迎朝霞做阳光少年　身披星斗成谦谦君子"、女寝门口的"袅娜媛姝盈秀气　巾帼英贤胜须眉"，都体现了学校对学生培养的重视。而女寝每个寝室都有自己独特的寝室文化，这无疑促成了学生们的心灵相通和价值认同。这种寝室文化建设，能够培养学生们的自主性和创造性，让他们在相互帮助、共同进步的过程中形成良好的生活习惯和个人品质。

在诠释《郿高赋》的过程中，作者通过讲解辞赋的知识，生动地描述了学校的历史典故、发展现状和未来宏图，同时表达了对学校未来发展的期望和憧憬。通过解读这篇文学作品，向读者展示了赋作者扎实的文学功底和对学校的深厚感情，更体现了学校对历史文化传承的重视。

　　作者通过讲述他和几位领导自驾去衡中取经的经历，展现了他们谦虚低调务实的作风和追求卓越的精神，也从一个侧面描写了创业的艰辛。这次经历不仅让作者收获了管理感悟，更让他对自己的工作充满了信心。这种精神不仅激励着作者本人，也感染着身边的人，为学校的发展注入了新的活力。

　　在《第一次照毕业照》中，作者通过组织拍摄毕业照的过程，表现了学校对毕业生和任课教师的重视和尊重。毕业照不仅是对学生和教师们三年辛勤努力的肯定和留念，同时也是对学校文化建设的一种展示和宣传。通过拍摄毕业照，学校向外界传递了一种积极向上的形象，展示了学校对教育工作的热情和投入。

　　而在《教师回流》中，则通过具体事件的解决，展现了学校在解决教师短缺问题时的智慧和果断。教师回流不仅缓解了学校教师短缺的问题，同时也为学校注入了新的活力和动力，进而维护了学校的规则和制度。这几位教师的回归，进一步稳定了教师队伍，也为学校的制度文化建设注入了应有的含义。

　　学校的文化建设实践，充分证明了文化在教育中的重要作用。它告诉人们，文化不仅可以提升人的精神境界，也可以改变人的行为方式，甚至可以影响周边的文化氛围。而学校文化建设则是一项长期而艰巨的任务，它需要我们不断地发掘、完善、传承。只有这样，才能让学校的文化精神得以流传，让学校的文化价值得以实现。

# 百年树人篇

# 一年一首诗

▼

2018年6月1日，是小朋友们的节日，但看到学校大朋友一天天的变化，尤其高三的学生都在通往梦想的路上拼搏，我心血来潮，想为这群孩子写一首诗，为他们呐喊助威。

写好以后，我请学校的书法家钮老师将这首诗写在大红纸上，粘贴在版面上立到高三教学楼前。

## 致郧城高中毕业生

为了梦想

历经十年寒窗

汗水

在通往龙门的路上

闪光

只要集聚有足够的能量

这一跳

便可成就辉煌


成功的道路

无限宽广

不必把包袱背在肩上

心中有梦想

放在哪里都是一块儿好钢

高考只是一个里程碑

不迷失方向

终将收获

诗与远方

版面像一道风景，引来许多学生围着驻足观看，有的同学甚至读着某个诗句在品头论足。那几天，感觉学生的学习状态超级好！

这年的本科上线人数和往年相比实现了突破。这以后，每年6月份，我都要为高三毕业生写首诗作为冲锋"号角"，希望每年的高考成绩都有新突破。2022年，高考成绩为建校以来最好成绩；2023年，高考成绩再次创新高！

# 双簧

▼

2018 年 11 月的一天，按照惯例周日下午大休后要开班主任会议，总结上周工作的亮点和漏洞，安排这两周的工作。

可是在会议召开前，我看到刚入职的张晓旭（化名）老师在偷偷地抹眼泪，我忙问她咋了，不问还好，我一问她竟然委屈得哭出了声。

张晓旭是 2018 年暑假才通过招教考来的大学生，她不但学科知识扎实，性格开朗，而且积极上进。教研组组长征求她的意见时，她很爽快地说愿意当班主任，希望跟着老教师多学习、多锻炼。她是这样说的，也是这样做的，工作一段后大家对她的班、对她讲的课都很认可。

现在她这一哭，我也没法再问了，就让她们学科的教研组长找她详细了解情况。

一会儿工夫，教研组长到办公室给我汇报。原来张老师班有个男生叫李皓轩（化名），是父母高龄时生的二胎，在家比较娇惯，到学校仍然毛病多多。平时跟同学的冲突不断，所以同学们都不愿意与他同桌，他也缺乏公德意识，连班上的卫生值日都不愿意参与。张老师多次跟家长沟通，家长不但不配合，言语中还流露出嫌班主任年轻、没有教育方法的意思。

今天是因为李皓轩又没有完成星期天留的作业，张老师检查时批评了他两句，他不但顶嘴，还给他爸打电话，告老师的状，说老师故意找茬针对他。他父母把李皓轩送到学校后正好还没离开，于是他们直接找到张晓旭老师，不问青红皂白地质问她，为什么孩子刚到学校就找他的茬儿，还扬言要找校长反映她的情况。

张晓旭老师工作经验少，又听说李皓轩同学是领导家的亲戚，所以家长才这么不讲理，这才委屈得哭了起来。

我听了事情的原委后非常生气，让张老师给学生家长打电话，叫他们赶紧来学校，就说我要见他们。教研组长说他的父母一般都不接张老师的电话。我听了更感觉事情严重，更得教育一下这个家长了。我说让张老师给孩子的父母分别发信息，就说校长要开除他们的孩子，必须来学校和校长面谈。

班主任会议结束后，张晓旭老师说李皓轩同学的父母在等我。我让张老师去叫李皓轩同学。

我先对学生的父母进行了批评，指出这样娇惯孩子，容易让学生感觉有靠山，从而无法无天，这样下去会后患无穷的。要让学生消除"特权思想"，家长必须做好表率。经过简单的沟通，意见达成一致后，我让他的父母去找班主任和他们的孩子，然后再一起到我办公室。

因为我已经了解到他们家和市直单位的一位领导是亲戚，孩子的"特权思想"也是因为这个原因，我感觉先去掉学生的"特权思想"是教育的根本。

他们进屋后，学生的父母跟我寒暄几句，我没有表情地说："某某（他们的亲戚）局长我们很熟悉，他人很低调。"李皓轩的爸爸笑着说："是是，那是孩子的舅。"

我一指沙发示意他们坐下，孩子的父亲不好意思地站着说："我们是违纪学生的家长，没脸坐。"我接过他的话茬说："是啊，孩子争气了，获奖了，你们可以风光地上台介绍育人经验。现在他违纪了，你们感到惭愧，连坐都不好意思，所以，你们的面子是孩子给你们丢的。"我又平和了一下语气，说："现在网上多少'坑爹'的例子，你们这样惯孩子，将来是会坑某某局长的。"

见学生也羞愧得低下了头，我看了一眼张晓旭老师，说："你先带李皓轩去班上补作业吧。"

张老师把学生带走以后，我又笑着说："刚才当着学生和班主任的面，我必须打掉孩子的'特权思想'，不然老师不敢管，你们在家又管不了，在班上同学们也会疏远他，这样纵容他骄横下去，还怎么培养他上大学？"

我看了学生家长一眼，他们似有所悟，认同地点点头。我又放慢语速说："我理解你们教育孩子的心情，但是一定要清楚哪些是对他好的，哪些是对他不好的，得有底线。现在的孩子都很聪明，他也是不断在试探家长和老师的底线。教育是讲究艺术的，这样以后老师才好管教。"

我又向家长表示，学生毕竟是孩子，毛病慢慢纠正，是会改掉的。我和他舅也是朋友，以后我也会把他当成亲戚家的孩子，多关注，多鼓励，少批评。家长也满意地一再表示感谢。

如今，李皓轩已经是一名大二的学生了。

# 美丽"冻"人

▼

　　这里农村的孩子多，况且还有许多留守"儿童"或者单亲家庭的孩子，因此，许多孩子的穿着几乎都没人教。有的是看别人穿啥自己也穿啥，有的是想穿啥就穿啥。

　　2019 年初冬的一天早饭时间，我在餐厅门口看到两个女生，其中一个穿着秋冬服装，另一个却穿着夏天的短袖和白色的裙子，整个错了两个季节。我穿着秋衣秋裤还感觉不是太暖和，我想，这个孩子一定是没人提醒她如何穿衣，这样冻出病来不但会影响学习，她的身体也会受亏。

　　但是，我又不能直接指出她的穿戴不合适。一是这也没有违反哪条校规，二是那样的话会伤害她的自尊。于是我喊住她俩，一起来到餐厅对面的垂柳下面，我笑着一指头上的垂柳问："你们告诉我为什么树上没有柳叶了？"她们不知道我葫芦里卖的是什么药，就半疑惑半肯定地说："树叶落了。"我又接着问："树叶为什么还会落？"他们肯定地说："到冬天了，当然要落！"我似有所悟地边点头边说："哦，原来这柳树也是分季节的，夏天绿叶成荫，冬天枯叶飘落。"我又故作请教的口吻问："那穿衣服分季节不分呀？"

　　她两个听了，先是皱眉，转而同时看了一下那个女孩儿穿的裙子，直接笑着跑寝室换衣服去了。

# 合唱比赛的主角

▼

　　张美丽（化名）同学录取到我们学校时，学习成绩中等，但她音色甜美，热情活泼，唯一美中不足的是她左眼天生残疾。越是这样的学生，我们越要多关心她、爱护她，无处不在地保护她，鼓励她。

　　那一年学校举行合唱比赛，组织排队时，一般都会考虑把身材形象好的安排在第一排，把唱歌好的安排在黄金分割的位置，这里正好是立杆话筒的位置。我们考虑后，专门把张美丽同学安排站在第一排黄金分割的位置，合唱时她略微侧身面对话筒。那场比赛她们班获得了全校第一名，她们班把比赛时的合影专门洗了几十张，给参加合唱的每位同学发了一张作为留念，在这张合影照里，第一排的张美丽同学是最漂亮的。

　　欣赏别人的美需要格局，发现别人的美需要用心，为别人设计美需要用情！

# 堆雪人

▼

2019年1月9日下午，气温骤降，瑞雪纷扬而下。校园里一下沸腾了，先是惊呼声一片，因为几年没有下过这么大的雪了。

虽然还没下课，同学们的心已经像雪花一样，飘到了操场、飘到了树梢、飞到了天空。下课铃声一响，不论是老师还是学生，都跑出了教室。满天的雪舞，满园的人，一张张手臂伸展着迎接洁白的雪花。一张张笑脸仰着欣赏这美景。房顶上、树梢上，银装素裹，分外妖娆，操场上开始有同学欢笑着疯跑着，你抓一把雪扔向他，他团一个雪球抛向我，慢慢变成了打雪仗。短短的10分钟哪里够啊！

上课铃响了，只有一部分学生恋恋不舍地进了教室，但他们的心和目光都还在外面，还在与雪共舞。还有一部分学生仍在操场恣意奔跑，他们根本听不到铃声，也不想听。政教处的老师要开学校广播通知学生进教室，被我拦住了，我说："我们即便刻意组织一场活动，能让这么多人主动参与吗？能让大家都快乐吗？你看学生们多开心啊！这就是青春该有的样子，广播可以通知一下，这一节课全部调成课外活动。"

校园里又是惊呼声一片，掌声一片，教室里的学生也都跑了出来，融进了雪的世界。是雪，给紧张有序的校园生活平添了几分诗情画意；是雪，给同学们带来了乐趣。每个人都忘记了学习的烦恼，每个人都乐在其中。经过和学校班子商量，等晚上雪一停止，全校组织堆雪人比赛，只要不影响走路，堆在路旁、墙边、树根旁都可以，路上的雪必须清理干净，我们将从创意、美感等方面进行评比，还要颁奖。

晚自习下课后，雪停了，校园里的大路条条畅通，全校没有动员师生清理道路上的积雪，同学们都争着抢着把雪"收"走了，取而代之的是一堆堆形态各异、创意新奇、大小不一的雪人儿，有罗汉、有卡通、有课本里的主人翁，有兄弟牵手，还有母子情深，有的带着灵性，有的充满智慧，样式不一，创意无限。劳动之余，学生们打雪仗、溜冰，好不惬意。

通过这次随意举行的堆雪人比赛，丰富了校园生活，展现了学生们的才艺，以别样的风景，迎接新春的到来。

欣喜之余，我又"诗兴大发"，献丑一首小诗。

## 堆雪人

漫天飞雪
普降寒意
风是魔
冷是魔
对它的畏惧
怎抵上
堆雪人的乐趣

你堆一个雪人
我堆一对儿淘气

我们班堆个家庭

父母儿女

手牵手　心连心

彼此一团和气


你们班的小猪

神采奕奕

憨态可掬

在融洽的气氛里

笑声凝成艺术的灵气

连劳动

都如此有创意

# 在教师餐厅就餐的学生

▼

　　开学后的一天早上，2023 级一班的一名女同学找到班主任，说她在餐厅吃饭，连着几天胃里都不舒服，班主任就带着她见我。

　　我问她是哪个窗口的饭菜不对她的胃口，她说哪个都不爱吃，我吃惊地笑着问她："都说咱学校的饭菜好，你咋说都不爱吃？难道几十个窗口的饭菜都不好？"

　　她不好意思地说："不是不好吃，是我不爱吃。"

　　我问："为什么？哪点不行我让餐厅改善。"

　　"不怨饭菜，是我初中时不吃早餐，弄坏了胃，经常胃疼，爸妈给我拿的有中药、西药，一直在调理。咱们的饭菜太辣、面食太生。"

　　我说我问问厨师长，看能否改进，便让她进班学习去了。

　　我带着这个学生说的问题找厨师长了解情况，厨师长说学生是孩子，他们这年龄段的都喜欢吃偏辣的饭菜，面食喜欢吃八九分熟的，滚得久了面食就少点味儿。教师们大多是四五十岁的中年人，止好相反，喜欢吃清淡的，面食喜欢吃滚得烂的。厨师长说的正是我平时吃饭的爱好，所以我有同感。

　　于是，我又找到那个同学，给她讲了教师餐厅和学生餐厅饭菜不同的原因，征求她的意见愿不愿意吃教师餐厅的饭，她很感激地表示愿意。我说今天中午你就可以到教师餐厅吃饭，按规定刷卡，第一次可以让班主任带着你跟打饭的阿姨沟通好。我又对她说要按时吃正餐，不挑食，慢慢把胃调理好。

从此，教师餐厅就多了一个特殊学生。

# 喜欢文物的女孩

▼

2022 年春节后的一天，我找学生谈心时，听高一一个女生说她将来想考文物专业，我桌子上正好有朋友送的两本文物方面的书，便让她拿回去看。谁知道不到一周她就看完了，还给了我。

我问她怎么这么快就还回来了？是不是看不懂？她告诉我说："因为爱好，所以我就挤时间看，再说也不是考试内容，不需要记背，了解就可以了，看得就很快。"她说也能看懂。

我告诉她说："以后你想看文物方面的哪些书，我帮助你借，我文化部门的朋友多。但前提是要好好学习，争取考上理想大学，报考自己喜欢的专业。"

后来，遇到文化局的朋友，我又为她借了两次文物方面的杂志，让班主任转交给她。高二时她找到我说想学文物修复，我当即联系市文物局的朋友，了解文物修复的就业前景和能报考的大学，他说只要考上文物专业，就业没问题，建议我咨询一下北大的文物专业，并把他朋友——北大博士的电话给我，让我联系。联系后我大致了解了报考北大文物专业的可能性，鼓励她努力学习，争取考入北大考古系，把她的劲头鼓起来以后，她也信心满满。

我在大会上给同学们讲，不论是哪位同学，不管有什么爱好，只要对学习有用，对高考有利，对自己成才有好处，学校都会提供帮助。

　　我觉得作为一名教育工作者，作为一名教师，要有成人之美的热心，要引导帮助年轻人激发热情，实现梦想！

漯河市郾城高级中学

尊敬的校长：
　　您好！
　　我们是3.6班的学生，首先感谢您，在百忙之中查看一封学生们写给您的一封信。学生们知道您很忙，如果您看信了的话，一定代表您是一个愿意倾听学生心声的好校长！
　　今天给您这封信是想告诉您，我们因为您对我们高三6班的培育关心和指导，即现在我们就要从母校毕业了。在我们学校里，我们时时刻刻能够感受到您对我们广大学生的用心良苦，在这里，我们谢谢您了！
　　回想，刚入学时的情景，想着您对我们的关心历历在目。您是一个作强的校长，也是一个不忘初育一位学生的好校长，甚至于您能够记住与您交流过的每一个学生的姓名。
　　校长，我很感谢在母校读书的这几年的学习，更感谢校长您在这几年间里对我们学生的关心和支持，让我们都能够从这里顺利毕业，顺利去到一个更高的学府深造。在这三年里，最感谢校长您的是对报告厅建设所做的投资，因为报告厅的焕然一新，我们有了更多接触外面世界的机会，从这个窗口，无论是听报告还是看电影，我们无时无刻就已经接

漯河市郾城高级中学

到了对外面这五不断接触闯过的新世界，也是我们最想感谢校长您的地方。
　　校长，我们这一届的学生即马上都毕业了。希望您不忘了我们这群孩子，也希望您与我们相信，我们是郾城高中的孩子，一定不会给郾城高中丢脸，会时刻牢记郾城高中给予我们的爱。更会找机会报答郾城高中给予我们所做的！请校长放心！我们会时刻记得母校的好，也会时刻记得校长您对我们说过的话！
　　校长，请您放心！我们永远都是郾城高中的人，永远都是！永远不更！

　　　　　　　　　　三.6班
　　　　　　　　　　全体同学
　　　　　　　　　　2022.6.6

严 苦 奋 争

表扬、批评、工作清

# 上二楼吃饭

▼

2019 年学校建设新餐厅时，规划了两层。可是由于后厨都在一楼，所以二楼没有售卖饭菜的窗口，这样虽然二楼设置了餐桌椅，但学生打好饭菜后需要再端到二楼去吃，他们一般是不会舍近求远的。因此，二楼的餐位闲置，一楼的餐厅就很拥挤。

发现问题后，学校开会商量解决办法，大家一致认为，虽然我们可以采取多种办法解决，比如：每批次要求一定班级必须上楼吃饭；或者每天安排几位班主任值班，当一楼坐满时督促学生上楼吃饭。但这些都是在限制学生，这跟我们的办学理念和教育思想不相符，都不如合理引导学生，堵不如疏。

于是，经过与厨师长商讨，我们决定让工人师傅费点事，把学生比较喜欢吃的饭菜的窗口，作为特色窗口设置到二楼，让美食吸引学生主动上楼。另外，学校又专门在二楼装修了三个空调间，方便到二楼吃饭的学生，保证冬暖夏凉。同时，二楼的卫生和服务也都按照一流的标准严格要求。不到两天，二楼的空调间里就坐满了就餐的学生，一楼拥挤的现象大大缓解。

事后我们反思，学生虽然是我们的管理对象，他们也都很听话，学校不能因为学生听话好管，就不尊重学生的意愿，勉为其难。在这件事上，学校没有出台任何约束学生的政策和规定，只是站在学生的角度考虑，提高了一下服务，就彻底解决了问题。

由此看来，教育者做事的出发点和做法本身，就是一种教育！

# 通往操场的小路

▼

　　实验楼在男寝的后面，中间是一条东西路，男寝西边是南北向主干道，主干道西边，是劳动基地和操场的矮围墙，劳动基地是学校劳动实践课的场地，矮围墙是方便学生看比赛或者平时课外看书时坐的。从男寝或者实验楼出来，要想去操场，必须沿着南北主干道，往北走约10米才能从操场东口进去。

　　这样，从实验楼到操场这一段劳动基地里的花草，就会经常被踩坏，形成一条"明晃晃"的小路。通过观察我们了解到，这是因为有些学生为了省事，从寝室或者实验楼里出来后，直接从花池里踩过去，把刚种的花草都踩坏了。班子会上有人提议得制止这种现象，说这样下去容易影响校风，也有人提议干脆直接修成小路，我让大家讨论一下，是明令禁止好，还是直接修成小路好。后来大家一致认为，修成小路更人性化，符合我们的办学理念。作为学校，做任何事情的出发点都是为了育人，要敢于打破成规，以人为本就是在育人。

　　大家意见统一后，我说："鲁迅有句名言是关于路的。"我还没说完，几个人就纷纷说："世上本没有路，走的人多了便成了路。"我说："是啊，学生走的多，不正说明这里需要一条路吗？我们满足学生的需要整成小路，方便学生去操场，这才是我们教育者该做的。"我又总结说，我们做一些事情应该从学生的角度出发，因为学生的本意不是故意违纪，方便走路才是本能，所以，这里如果修成一条小路，方便学生进操场锻炼，他们一定会很满意。

学生踩坏了花草，不但没有处理一个学生，反而从学生的角度出发，为大家整修出一条小路，以这种育人的方式和理念，我们还会为学生开辟出许多条"路"！

# 诚信消费

▼

2020 年的一天早饭时间，学校突然停电了。学校餐厅一次只能容纳八九百人吃饭，因此，是分年级分批吃饭，停电时第二批学生正在餐厅排队买饭，一停电刷卡机就没法工作了，售卖窗口的工作人员措手不及，不知道该怎么办。

厨师长和餐厅经理都给我打电话请示，在一楼陪餐的老师也给我打电话问该怎么办。我当时就在二楼教师餐厅和老师们一起吃饭，停电后我也马上下到一楼，看着售卖窗口排着长队的学生，我当即安排工作人员，赶紧给学生打饭，不用刷卡也不需要学生给现金，学生想吃什么就给他打什么饭。我又大声告诉学生，排队的秩序不能乱，该吃什么就打什么，刷卡的事回头再说。

学校的餐厅是自营性质的，传统节日学校一般会免费送粽子、月饼、汤圆、饺子等，后来发现送的东西学生不珍惜，毁得多，太浪费，我们改成半价送。厨帅长问我时，我给他解释说："本来今天可以让学生免费就餐，但是因为第一批吃饭的学生已经刷卡了，后来的再免费就不公平，你们只管打饭，其他的事学校处理。"

午饭后，我们召开班主任会，我说，今天早上由于停电，一部分学生已经刷卡吃饭了，一部分学生还没有刷卡（刷脸），为了保证公平，只能辛苦班主任在班上讲一下。餐厅是以服务学生为宗旨的，不是为了赚钱，所以今天这顿饭凡是停电之后没有刷卡（刷脸）的同学，可以根据早上自己打的饭菜价格，晚上就餐时自觉补上，如果哪位同学不想补也可以，那说明他需要学校救助这顿饭。

后来餐厅统计，后两批没有刷卡（刷脸）的同学，将近有 90% 的都足额补上了。

通过这样的一次不刷卡就餐，我们倡导学生诚信消费的理念，学生通过了学校的"考验"，我们的育人效果也通过学生得到了检验！

正所谓，你给学生一缕阳光，学生还你一片灿烂！

**按语**

# 以智慧和策略重塑教育秩序

在教育中，学校管理艺术无疑起到了举足轻重的作用，每个决定都可能影响一个学生的未来。在面对学生问题时，我们必须充分认识到，每个孩子都是独一无二的个体，他们带着各自的优点和缺点步入校园，如何巧妙地平衡教育、尊重和引导，考验着每一位教育工作者的管理水平。

在李皓轩（化名）的案例中，我们可以看到学校管理艺术的几个重要方面。首先，它强调对每一个孩子的关注和尊重，认为每一个孩子都有成长的潜力。其次，它重视教师的作用，认为教师不仅是知识的传授者，也是引导孩子成长的引路人。最后，它强调了与家长的沟通与合作，认为家长是学校教育的重要伙伴。然而，这个案例也提醒我们，提高学校管理艺术并非易事。它需要管理者具备丰富的经验和深厚的专业知识，以便在面对各种挑战时能够做出明智的决策。同时，它也需要管理者有足够的耐心和毅力，愿意花费时间和精力引导每一个孩子的成长。

在农村地区的学校中，许多留守儿童或单亲家庭孩子可能缺乏足够的家庭指导，特别是在穿衣打扮方面。校长的做法充分体现了学校管理艺术的精髓：充满温情地处理学生的生活问题，体现出对女生的尊重和关爱。他没有直接批评女生，而是通过一种巧妙的方式让她自己意识到问题的所在。他利用垂柳的季节变换巧妙设喻，暗示学生什么季节穿什么衣服。这种比喻的方式浅显易懂，学生自然会明白其中的道理。这个故事启示我们：通过智慧的引导和关爱，教育者不仅可以帮助学生解决表面上的问题，还可以培养他们独立思考和自我认知能力，而这种能力正是他们在未来学习和生活中取得成功的关键。

在《合唱比赛的主角》这篇文章中，学校了解到张美丽（化名）的音色甜美，便以此为出发点，特意在编队时巧妙设置，既规避了弱点又凸显了她的优势，让她在合唱中担任重要的角色。这样的安排不仅使她在比赛中发挥了优势，也让她在同学中获得了认可和尊重，从而提升了她的自信心。这种管理方式强调的是对每个学生个体差异的尊重和关注，它鼓励同学们发现和发展自己的长处。学校的管理者通过细心观察和巧妙安排，使学生的优势得以展现，也使他们更加了解和欣赏自己。

《堆雪人》一文描述了一场别开生面的师生群欢场景。天降瑞雪，学校充分利用这一绝佳契机，尊重学生的天性，使之打雪仗、堆雪人比赛，暂时抛却学习的单调和枯燥。大家陶醉于这份自然乐趣之余，还能学会如何在团队中合作和创新。这种大胆创新管理的尝试与学校一贯的以人为本的教育理念浑然天成，潜移默化地为学生创造了一个多元化、富有创造力和乐趣的学习环境。它鼓励学生大胆尝试、敢于探索、勇于创新。

在这几篇故事中，我们看到的校长是一个有趣的人，他一直在做有趣味的事。同时，我们也深切地感受到学校管理艺术的独特魅力：它既关注学生的个体差异，又注重为他们创造一个充满乐趣和创新的学习环境。这种管理方式能够帮助学生更好地认识自己、发展自己，同时也让他们更加享受学习的过程。

　　无论是对于在教师餐厅就餐的特殊学生，还是那位喜欢文物的女孩，都让读者深感学校管理艺术的精妙，深懂一个道理：管理不仅仅是一种权力，更是一种责任和艺术。在两篇文章中，我们看到了管理者如何以一种人性化和创新的方式，促进学生的全面发展和成长。

　　学校的管理艺术不仅体现在敢于打破常规，还体现出灵活性和创新性，从而达到曲径通幽的功效。面对餐厅二楼空置、一楼拥挤的现象，学校没有采取强制手段，而是通过疏导的方式，用学生喜欢的饭菜把他们的嗅觉和味觉移至二楼，同时还为学生提供了一个更好的用餐环境，一举两得。这也印证了管理的艺术性，能够使学校在面对各种问题时，找到最合适和最有效的解决方案。

　　以上文章所展现的学校管理智慧和策略，也让人们深思教育的本质和目的，学校不仅仅要传授知识，还要培养学生的个性和兴趣，帮助他们形成健康的人生观和价值观，从而帮助他们实现自我价值和成长。这种教育理念和管理方式，正是我们所追求的以人为本的教育。管理艺术也不是自然天成，它需要管理者不断学习、实践和反思。只有通过持续的努力和实践，我们才能真正掌握其中的精髓，从而更好地服务于学生和教育事业。

# 家访

▼

8月28日上午，我听说高二一个女生近期思想波动大，不想学习，与家长关系也很紧张。我赶紧向班主任了解情况，班主任也正在为这个学生的事而犯愁。

班主任说她曾经是班长，热情大方，积极阳光，学习劲头很足，对班级工作也很热心，可是不知道为什么，前一段时间突然提出不想当班长了。问她为啥，她也不说，咋劝都劝不住，只好由她了。从此，她整天情绪低落，学习时注意力也不集中。如今开学了她却不想来学校，班主任想去家访但因路途较远，并且也有课走不开。我和班主任沟通后，就自己开车六十多里去做家访。

她爸爸在村子南边承包了一个种植园，因为提前联系过，我到时他正在忙着准备我们的午饭。我认真打量了一番眼前这位新时代的农民——他中等身材，40岁左右，看起来很精干又很朴实，见到我便很热情地主动打招呼，还说听到校长来做家访，专门让孩子到村里买瓜去了。

林下摆放一副桌凳，已经泡好了茶，我们坐下边喝茶边聊天，提起女儿，他的情绪有点低落，他给我说起了近期家庭的变故。一家人全指望这片花木和林下的养殖收入维持家庭的开支，但是两个月前孩子妈妈因病去世了，家里有两个孩子，大的就是上高中的女儿，还有个六七岁的小儿子，家里缺了个内当家，他一个人家里家外照顾不过来，别人就给他介绍了个邻村的。

新女主人来了之后对这两个孩子都很好，把家庭打理得也不错。可就是女儿不知道是接受不了突然失去母亲的现实，还是听了谁的挑唆，就跟变了个人似的，回来谁也不搭理了，整天闷闷不乐，回家也不看书也不做作业。前几天因为犟嘴，她爸还动手打了闺女一巴掌。

我听了他的叙述，首先对他家庭的不幸表示同情，我明确表示打孩子是不对的，尤其在这个特殊的时候，再说闺女大了，又处于叛逆期，要多理解她、关心她。

我们正谈着，学生李敏（化名）骑车带着两个西瓜回来了，见到我她脸上闪现一丝喜悦和吃惊，小声喊了一声校长。我让她洗洗脸坐下休息一会儿，他爸切开瓜我们吃着聊着，吃完一牙瓜，我笑着指着地里的红薯叶对李敏她爸说："今天中午在你们家吃饭，就吃红薯叶捞面条了，你去做吧，我和俺的学生聊会儿。"

我先问她各科目前的学习情况和对各科老师的印象，说起她的老师她打开了话匣子，夸她班主任对她好，夸她的数学老师教得好。等她说完了，我问她考入高中时对自己有没有人生规划？她摇摇头，我问她有没有理想，将来考哪所大学？要从事什么职业？她又摇摇头。

我笑着说："已经是高中生了，应该对自己有个规划，这样不至于迷失方向。现在我们一起规划一卜你的未来，你是想当教师还是医生？或者是当科学家？"她说想当医生。我说："好，既然想当医生，你首先要考上一所好的大学，现在我们用倒推法看哪所大学的医学专业好，我回去后帮你查查，你也可以在网上查一下，然后再看要考上这所大学在河南需要考多少分，这个可以参考往年的录取分数线，这就是两年后你要考的分数。再接着推就是分解一下，你现在每一学科要考多少分，哪一科需要提高，哪一科需要巩固，这样你的目标就很清晰了，你就知道该怎样努力了。"

李敏眼里闪现出光芒，我鼓励她说，你现在只要树立信心，抛弃一切杂念，专心致志地学习，考入理想大学不是难事。我又开导她说，任何人的生活都不是一帆风顺的，有些事是我们左右不了的，你的爸爸很爱你，家人都很喜欢你，老师也都夸你，你还有什么不开心的？

我又给她讲爱迪生小时候遭受的磨难，但他一心搞发明，最终取得了举世瞩目的成就。我的话让她陷入沉思，她眼里噙满了泪水。我环顾一下四周，感叹道："你看你们家的种植园多好啊！环境好，空气新鲜，安静，还没人打扰，真是学习的好地方，我们小时候如果能有这么好的地方，该多好啊！"

她站起身给我续茶，我说去帮助你爸做饭吧，中午我在你家吃饭，我们一起吃捞面条，看看是不是比我们学校餐厅的好。说完，我走进了花园般的种植园里。

中午吃饭时没有见到她的新妈妈，他爸的一位朋友和我们一起吃着聊着。趁李敏去厨房盛饭时，他爸小声说，你给她谈了就是不一样，我在择菜时，她过去趴在我背上搂着我的脖子，就像小时候一样。

李敏回到了学校，又变得活泼开朗，开始努力学习了。

# 向校友发出召唤

▼

　　经过反复召开学校班子会，并向各级领导汇报，在征求老校友代表的意见后，学校决定在建校五十周年之际，举行一次校庆活动和中原名校长论坛。毕竟这个学校曾经是漯河市农村高中的一面旗帜，毕竟为社会各界培养了一大批行业翘楚。我们通过这个活动凝聚人心，联络感情，扩大影响，提振信心。

　　5月23日，学校精心设计了邀请函，通过微信公众号向社会各界、向老校友发出了庆祝建校五十周年的邀请。为了扩大传播面，学校专门在教师群里发了通知，请各位任课老师也在自己的朋友圈里转发一次，并请亲朋好友互相转发，越多人知道越好。想不到一天的点击量就突破5000，留言的、点赞的无数，感动的同时，也给了我们努力工作的勇气、力量和信心。我们将不负社会的期待！不负校友的厚望！有位校友在留言栏里的诗，更让我读懂了莘莘学子对母校的深情。

### 忆商高

有些事

想着想着就忘了

有些人

走着走着就散了
在记忆的长河
沉淀最深的
也是最难忘的
直到那一天
在对的地方
对的时间
我们再相遇
所有的遗忘
都被回忆唤起
原来
你一直在我心里
我们从未忘记

# 一百斤鸡蛋

▼

　　陈梓帆（化名）是个聪明的孩子，但就是坐不住，一到自习课屁股上跟长了蒺藜似的。家长也知道孩子的毛病。每次他作业没有完成，或者有了小毛病，家长也积极与班主任沟通，配合教育。因为遇到了通情达理的家长，因此，班主任和任课教师都对这个孩子很有耐心。

　　家长知道老师们对他的孩子用心，就多次请我和班主任约一下任课教师，想一起吃个饭，表达一下心意。我说："我们对孩子操心是分内的事，人常说'帮助别人孩子一把，自己孩子长一拃'，教师本身就是干的良心活儿。"因此，我和班主任觉得请客没必要，都推辞了。

　　一天早上，班主任突然接到陈梓帆家长的电话，请班主任给门卫说一下，他给孩子带了点东西，班主任以为是给陈梓帆同学带的衣服或者零食，也没太在意就给门卫说了一下。

　　谁知道不一会儿，餐厅的厨师长给班主任打来电话，说是一位家长捐赠给餐厅一百斤鸡蛋，问是不是他安排送过去的。班主任赶紧给校领导汇报，主管副校长和班主任赶到餐厅时，他们正在往下卸鸡蛋，班主任看着陈梓帆的家长，一个劲儿地说着："谢谢！这不合适。"

　　第二天，学校专门把煮熟的八百多个鸡蛋，免费送给这一级的所有学生，每班找一位学生代表，给自己班的同学发鸡蛋。陈梓帆同学作为他班的学生代表，给大家发鸡蛋时，一直表现得很有礼貌。

　　事后，每个班就这一事件专门召开班会，班主任告诉同学们："这是我们年级的一个学生家长捐给同学们的鸡蛋，他感谢同学们在学习上互相帮助，他的孩子纪律性不强，他感谢同学们对他孩子的包容，希望以后大家都互相监督提醒，都把毛病改掉。"班主任们还特别强调，"在家长眼里，大家都是他的孩子，所以大家要亲如兄弟姐妹，互相帮助；在老师眼里，大家都是听话的学生，大家要相互友爱，努力学习。"班主任也提醒大家，同学们各自都带有餐卡，不提倡家长这样捐赠。

　　通过这次事件，同学们成长很多，从此，这个年级许多习惯差的学生都不同程度地改掉了毛病。

# 送辆空调车降温

▼

有一年高考，高三学生分文理科在两个考点，班主任就分两队，分别在自己班学生的考点服务。

6月7日早上，杨老师她们不到7点就到了考场外。她们在大门外路边的树荫下找好落脚点，等着考生把书、手机等不准带入考场的东西寄存给她们。

来得早的家长和学生不断地与老师们打着招呼，团委、妇联的志愿者服务点的工作人员看她们是带队老师，也送来矿泉水。这时，黄奕静（化名）的妈妈骑车带着黄奕静来到她们身边，黄奕静高兴地叫着老师，家长也热情地与老师打招呼。

黄奕静的妈妈从兜里掏出一个车钥匙递给她的班主任杨老师，心疼地说："天这么热，你们要在这里晒两天，坐我空调车里凉快吧。这是我的汽车钥匙，我早上已经把车停在那边的树荫下了，那里离考场近，停的也不影响交通。"说着，她一指西边的一辆绿色小汽车，说："那辆绿色的就是，你们坐上说声小迪开空调就行了。"

杨老师不好意思地说："在这儿有树荫，不热，你开着接送孩子考试吧。"她妈妈说："我们家离这里几百米，开车还没骑车方便，你们中午也没法休息，轮着去吹会儿空调吧。"说着，她把车钥匙硬塞到杨老师手里，推着电车和孩子一起去前边了。

看到黄奕静每次下考场都很高兴，杨老师估计她发挥得应该不错。两天紧张的高考很快就过去了，虽然杨老师她们轮流着在车上待的时间不长，但每每想起来，她们心里都特别凉爽、舒服。

# 首次家长会

▼

学生的培养，不是学校一方发力就能完成的，也需要家庭的配合。因此，我们开会研究后，决定召开一次家长会。因为高二年级是最容易浮躁，最不好管理的一个学段，我们就先召开高二年级家长会。这样一方面不会造成堵车，另一方面，其他年级的老师和学生志愿者可以帮忙。

为使这场十多年来首次召开的家长会圆满成功，学校精心筹备了两个星期，专门在校园环境、文化建设、制度完善、纪律卫生、班风考风、师生精神风貌等方面进行了建设和完善。家长会召开前的那天晚上，学校又动员教师把车位腾出来，让给报名参会的600多位家长。

学校进行了精心策划、周密安排，从会议秩序、停车引导、为家长讲解参观、茶水供应、教室内的布置等都做了分工，细化流程、责任到人。学校还挑选了100名形象好、懂礼貌的学生志愿者，提前进行培训，整个会议期间进行交通疏导、方向引导、提供服务等。家长到校以后，志愿者帮助引导其车辆有序停放，学校领导分批为其讲解学校办学理念、发展规划、学校历史、文化内涵及文化底蕴、各种功能的设置、师资力量、学生现状及校风校训等，还引导家长们参观学生寝室、餐厅、运动场等，帮助家长了解孩子在学校吃的是否放心、住的是否舒心、玩的是否开心、生活是否安心。

参观校园以后，评选出的优秀作业、习题集、错题本、成长日记、掌中宝等在各教室走廊内被一一展示，每个课桌上，都有一封学生写给父母的亲笔信。班级迎宾志愿者以最好的姿态，热情大方地欢迎来自四面八方的家长，家长们的到来为鄢高增添了一份亲情与温暖，他们的眼中都透出了对孩子的关心，对鄢高的期望。8:40，我通过现场视频直播的方式，以热情洋溢的语言对学校的历史、管理、发展方向及所取得的成绩做了详细汇报并指出本次家长会的目的意义，重点与家长真诚交流两个问题：一个是学校的办学理念和发展，另一个是家校如何携手搞好高中学生的教育。

我特别强调：一所学校，如果不能让长期生活在这里的老师、学生感到幸福、快乐，即便在社会上名气再大，也不算是一所好学校！这也是我们学校的立校之本及办学定位，就是要让每个孩子在这里快乐成长，让老师幸福地教育孩子，即使不能把孩子培养成名成家，也要让他成人懂事，将来能够在社会上安身立命，懂得为人处世之道，懂得感恩。

接着，班主任开始与家长近距离交流，简述他们如何科学管理，严中有爱，引领发展，启迪人生，升华心灵，并且晓之以理、动之以情、导之以行。各班班主任分别站在不同的角度，因势利导，与家长沟通，汇报学生近两个月的学习状况和取得的点滴进步，以及在接下来的学习中应改进、注意的方面。大家都精心制作了精美的课件，安排了家长代表、学生代表发言，有的班级还进行了学生才艺展示，整个家长会形式多样、内容丰富多彩，气氛融洽、热烈喜庆。

家长会结束后，家长们还争相与班主任单独交流学生学习情况。有的家长流下了喜悦的泪水，有的家长拉着班主任的手久久不忍离去。

一次家长会，既是学校向家长全面深入的展示，也是一次家校之间坦诚细致的沟通，这种活动所产生的育人效果，远远胜过老师们的泛泛谈心。从此以后，我们经常召开这样的家长会，让家校共育的成果最大化！

# 喜报寄给家长

▼

　　现在的高中生，大部分是独生子女，很多家长非常在意学生在学校的表现，但也有个别家庭由于单亲或者父母打工，从来不在乎孩子在学校怎么样。甚至还有极个别家长认为，反正孩子自己也管不了，已经交过学费了，学校爱怎么办就怎么办，学生违纪了学校打罚随便，也不接班主任电话，也不去学校沟通。

　　教育不是学校单方面的事情，需要家校配合，家校共育。因此，从三年前开始，凡是学生在学校学习进步了，做好事受表扬了，参加各类活动获奖了，学校就定制一张喜报，寄到家长单位或者村里。这样做有两方面的好处，一方面是让学生父母的街坊邻居、亲戚朋友，或者单位同事都知道他教子有方，另一方面是让家长对孩子有信心、对学校有信心，有利于激励学生。同时，我们还请家长写下感受，反馈给班主任，带动其他同学，有的家长还会给自己的孩子提出期望值。

　　通过寄喜报这一活动，受表彰的学生越来越好，有不良习惯的学生也会有所收敛，见贤思齐。此外，还有效地宣传了学校。

# 俺孩儿都是在这儿学坏了

▼

2019年10月的一天，高三的班主任李老师怯生生地问我："王校长，明天上午你在学校吗？"我说目前没有安排啥事，应该在学校。我问他有啥事，他说也没啥大事，明天再说吧。

第二天上午第二节下课，他跑到我办公室说："王校长，昨天我没给你说清楚，是因为我想着他不来就算了，可是刚才他打电话说一会儿就到学校了。"李老师的话让我一头雾水。我问："是谁来了？你为啥怕他？你哪儿做错了？"他回答说："我们班有个张强（化名）同学，除了经常玩手机，还多次被发现吸烟，可是一说让他回家反省，他爸爸就胡搅蛮缠。"我问李老师有没有体罚学生或者什么的，他委屈地说："谁敢体罚呀，我躲他爸还躲不及呢，他是做生意的，没空管孩子，光会一味地护短。让他来学校沟通，他说忙没空，让他带孩子回家反省，他又不带。他啥样的人都打交道，铜牙铁齿，蛮不讲理，我是真怕他！"

我说好，你让他直接去政教处吧。我怕真遇到个胡搅蛮缠的扯不清，就打算去政教处处理，因为那里有监控。过了一会儿，只见一位个子不高的中年男子带着一个学生过来了，他一见李老师就毫不客气地大声喊着："李老师，俺孩儿咋了？你咋又叫他回去反省哩。"

李老师想向他介绍我，我摆摆手示意他们往政教处去说。进屋后李老师笑着说："我也知道你忙，可是你孩儿几乎天天吸烟，政教处查住就扣班级的分，想叫你带回去教育教育他。"还没等李老师说完，他就粗声粗气地说："你咋知道俺孩儿吸烟了？俺孩儿在家从来就不吸烟，要吸也是在学校学坏了，你们学校吸烟的多，我还没找你说事呢。"

看李老师无言答对，他的气焰更加嚣张了，还想接着批评李老师，我忙打断他说："既然你的孩子那么优秀，在这里被别人影响坏了，你为啥不给他转个好点的学校？"

听到我说话，他又把矛头指向我，气愤地说："你凭啥让俺的孩儿走？俺就非得在这儿上！"我笑着说："你听说过孟母三迁没有？"

他像吃了枪药似的，更来劲儿了，直接冲着我吼道："你不要给我讲道理！你是谁？我没有给你说话。"我看他真是不"按谱儿"来了，脸一沉说："你先不用管我是谁，你来这儿就是听我们给你讲道理的，这里是学校，现在当着你孩子的面，你不要胡搅蛮缠！"

我又缓和一下语气说："你口口声声说这里这不好、那不好，孩子在这里学坏了，你又不想把孩子转走，这不是自相矛盾吗？"我一指屋顶上的监控说："你的言行监控都拍着，你的孩子在看着，你所有的言行都是在言传身教。你是在教你的孩子说谎、狡辩。"我又语重心长地说："如果我们也像你一样放纵你的孩子，恐怕将来他就是跟着你学做生意也没人愿意跟他打交道，更不用说考大学了。"

我说的他低下了头，小声地问孩子："这是——"

孩子说是俺校长。他立即换张笑脸说："对不起校长，我久闻大名，是我错了。"说着，他用手扇了一下自己的脸。我忙过去拉着他的手说，你不要这样。

我又笑着说："孩子的模仿能力很强，他看你说歪理还占上风，他就会学你这样。这不是害了孩子吗？"我又开玩笑似的说："你刚才说的我打个比方，一个人嫌一个姑娘长得丑、还穷、还没本事，可是他还哭着喊着非她不娶，这不是有病吗？"

　　他也不好意思地笑着挠挠头说："我主要是怕你开除他，回家我是真没办法。以后我好好教育他。"

　　打那以后，张强吸烟的毛病改了，在班上也听话多了。

# 不能为孩子的错误买单

▼

在学校吸烟属于严重违纪，屡教不改的可以开除（或劝退）。陈佳泉（化名）又被逮住吸烟了，这已经不是一次两次了。班主任给他办理了回家反省手续，让他爸带回家了。

他回家反省的第二天，就有人给我打电话讲情让他回来，说是怕耽误学习。我说按学校规定至少得在家反省一周，不然学生很难改正。尽管讲情者一再找理由，但我还是说学校的规定我没法破坏。

又隔了一天，我正在办公室看书，有人推门进来，我一看是我在镇里工作时的一个村干部，我赶忙起身相迎。他握着我的手说："听说你调学校当校长了，我一直想来看看老领导。"我笑着打断他的话，他一指身后的大高个儿，说："这是我们村的，我俩是发小，他的孩子不争气，惹你生气了。"说着，大高个儿后面的一个学生嘴里说着对不起，一个劲儿地鞠躬。

我还没有弄明白是怎么回事，大高个儿冲着我深深一个鞠躬，双手递给我一张折叠工整的信纸，语气诚恳地说："王校长，我是陈佳泉的父亲，我从小到大都没有写过检讨书，今天我写了一封检讨书，请您收下。孩子吸烟是我没教育好，回家后我教育了他，还打了他一巴掌。我平时在外跑大车，没时间管他，您就让他回学校学习吧，他再犯错，您咋教育都行，我绝不护短。"

　　看着眼前这位深深鞠躬的一米九的大高个儿话都说到这个分上了，再加上他们村的支部书记、我的老伙计的情面，我还能咋说？请他们入座后，我批评教育了学生几句，又让他的班主任过来，当着大家交代一番，就让他把学生带走入班了。我又和他们聊了一会儿学生培养和家庭教育的话题，他们怕打扰我工作，带着满满的歉意告辞了。

　　一个月后的一个中午，我从城里开会回来，到校时已经11点多了，正好是第五节课。我上楼一层层地在男厕所里转，当转到四楼时，眼前的情景既让我吃惊又气愤。厕所里有蹲着大便的，也有站着小便的，而陈佳泉和另一个同学却蹲在厕所的正中间，大口地吸烟，还有两个同学围着他俩，正在大小便的同学也都在边看边说笑着。看到我突然到场，气氛立刻凝固了，两个吸烟的学生来不及扔掉烟头，呆愣愣的看着我。我愤怒地说："跟我去政教处！"下楼时我打电话让班主任通知家长立即到政教处。按规定陈佳泉必须劝退，他爸不接班主任的电话（想必知道这时候班主任打电话是啥事），也没有来学校，他妈把他接回家了，此后，一直也没有人再为他讲情，这事算是就这样过去了。

　　大概两个月后的一天，我正在办公室和副校长商量学校的事情，突然有个陌生的电话打来。我接通后听到一个女人的声音哭着说："王校长，你知道我是谁吗？我是陈佳泉的妈妈，你可能不知道我，也不记得俺的孩子，他是吸烟被你开除的。你今天就是不要他我也不怪你，俺一家人都不会怪你，是俺孩子不听话。我知道你是好人，所以我还是想求求你，请再给他个机会吧？你知道这一个春节我们家都是哭着过的，他爸脾气不好，见到他就生气，也不和他说话。孩子知道错了，经常偷偷抹眼泪，你给他个机会吧，他不会惹你生气了，肯定会好好学习。"

　　一个农村妇女，一位淘气孩子母亲的质朴话语，让我感情的闸门瞬间崩溃了。我调节一下情绪，动情地说："你对孩子的爱、对孩子的期望打动我了，孩子可以来上学，但是我必须给你说几句话。你的孩子我印象很深，那次吸烟违纪他爸就不该那样做，其实我是很反感学生一违纪家长就找领导讲情的，因为这样孩子就认识不到错误，得不到教育。可是他爸那天替孩子写检讨、鞠躬感动了我，我答应得太爽快了。我觉得如果你们让孩子跟着他爸跑趟车、吃吃苦，见识一下社会，也许他就不会再犯吸烟的错了。这次我再给他一次机会，明天你带着他来学校见我吧。"

听着电话那端一连串感谢的话语，我陷入了沉思，常言道："吃一堑长一智。"孩子犯了错，如果没有让他得到惩罚，他怎么会长记性呢？孩子的教育，没有定式。不同的孩子，不同的违纪，要探索不同的教育方法。

后来，陈佳泉来学校后，没有再被发现他有吸烟及其他违纪行为，学习态度也端正了许多。参加高考后，他顺利被一所大专院校录取，以后的路就靠他自己走了。

# 我再也不"作"了

▼

　　张虹阁（化名）被重点高中录取了，父母很高兴，她刚入学时成绩还不错，父母对她也寄予厚望，对她的照顾更加无微不至。可是，好景不长，她从高一下学期开始迷上了玩手机游戏，成绩直线下滑。每天晚上爸爸把她接回家后，她洗漱都能磨蹭半个小时，再玩半个小时手机游戏，睡觉时都得11点了。家长劝也劝了，训也训了，甚至把她的手机也摔了，可是，她就是改不了。

　　没办法，她爸爸把她转到了我们学校（我们学校实行封闭式管理，不允许学生带手机入校），目的是让她住校，天天和同学们在一起，想玩手机、想磨蹭也没有机会了。她转来的前几天不适应，一直哭，不停地给爸妈打电话，让他们来学校接她回家。我一边告诉她父母要"狠下心"说没时间，一边安排班主任多关心她，让她的同学多引导她，和她一起玩、一起学习、一起休息。这样坚持了一周多，她不哭不闹了，开始沉下心学习，慢慢适应了学校的全封闭式管理。一个月后，她的成绩开始提升。

　　有次周末回家，她和她爸谈心，说自己过去不懂事，天天父母接送，回家有父母给她做饭、洗衣，天天能洗澡，可是她却身在福中不知福，天天"吊事"（没事找事），现在她知道错了，以后她会好好学习，不辜负父母的期望。最后，她很坚定地说："我再也不'作'了。"

# 差点被开除的第一名

▼

常言说聪明的孩子都淘气，柳世豪（化名）就是这样一个淘气的孩子。到高中了还整天想着点子、变着花样违纪，他母亲平时做生意比较忙，可他却一点儿也不体谅，隔三差五地被老师叫家长。

有一次，老师正在上课，他把邻桌几个同学的眼镜都收集过来，全部自己戴上，一个人戴着五副眼镜，由于眼镜比较重，他只能用手托着。他这怪异的举动，引得全班哄堂大笑。

像这样的滑稽动作，他经常在教室里"表演"。往往是刚当着他妈妈的面跟老师表了态，可是过不了三天，又因为在课堂上看违禁图书什么的，他妈妈又被"请"到了学校。有一次，也许是生意不好，正在气头上，见了柳世豪后，他妈妈不容分说，拿住他看的违禁图书就撕碎了，并"恶狠狠"地把撕烂的碎纸硬塞到他嘴里。接着是照脸上"啪啪"两巴掌。

我看到她这样过激的做法，赶紧上前制止，把他妈妈叫到一边，对他妈妈说："孩子大了，再这样打不行，其实啥道理他都懂，关键是控制不住自己。我看不如这样，一会儿你带他到外面吃个饭，顺便让他叫上几个和他关系好的同学，在吃饭过程中，你说柳世豪在家经常夸他们几个好，顺势你发动这几个同学，帮助柳世豪改掉违纪的毛病，争取大家共同进步。"

　　男孩子都是讲义气、爱面子的，既然同学们答应了柳世豪的妈妈，所以私下里也经常提醒柳世豪，帮助他改掉身上的毛病。而柳世豪呢，当着几个好朋友的面，他妈妈说出了那样维护他的话，他也不好意思再调皮，再想着法子违纪了。注意力转移到学习上以后，他的聪明劲儿就表现了出来。此后，他学习态度变了，学习成绩也上去了，接下来的几次模拟考试，他都是全年级第一名。一直到高三结束，他每次考试都稳居第一。

### 按语

# 深化家校共育，构建良好教育环境

　　以上文章从不同方面描述了家校合作教育学生的重要性，通过文学的方式，展现了一个教育管理工作者关于家校共育的理念，强调了家庭和学校之间的紧密合作、家庭环境的影响、生涯规划的重要性，突出了鼓励和激励的力量。为了实现学生的全面发展，家庭和学校需要建立长期稳定的合作关系，共同承担教育责任。

　　在家访中，校长了解到学生的家庭背景和变故后，通过与家长的沟通，他们共同商讨如何帮助学生应对家庭变故，重建学习信心。这种合作共育的方式有助于全面了解学生的情况，为学生的成长提供最佳的支持和指导。文章还强调了生涯规划的重要性。在谈话中，校长引导学生思考自己的未来，让学生得以重新审视目标和理想。通过制定具体的目标和计划，学生能够更加明确努力方向，提高学习动力。这种规划意识对于学生的成长具有深远的影响。文章还展示了鼓励和激励的力量。在谈话中，校长不断鼓励学生树立信心，专注学习。通过讲述爱迪生的故事，让学生明白在面对困难时坚持和专注的重要性。这些鼓励的话语帮助学生重新找回自信，勇敢面对学习的挑战。

　　《一百斤鸡蛋》这个故事，一方面展示了家校共育的长期性和复杂性。家长和班主任需要耐心地引导和教育孩子，不断地调整教育方案，以适应孩子的成长和发展。在这个过程中，家长和班主任需要相互信任和支持，携手共进，引领孩子积极健康地成长。另一方面也展示了家校共育中的感恩教育。陈梓帆（化名）的家长通过捐赠鸡蛋的方式，表达了对老师和同学们的感激之情。通过感恩教育，可以培养学生的感恩心和责任感，让他们更加珍惜学习和生活。同时，也强调了家校共育中的互相帮助和友爱精神，这种互相帮助和友爱精神可以营造出更加和谐的学习氛围，让学生更加积极地学习。

《送辆空调车降温》通过描述一位家长在高考期间为带考老师服务的场景，强调了家校共育的紧密合作和责任共担。杨老师为考生提供支持和帮助，家长体谅老师们酷暑下的坚守，专门开来自己的空调车，打开空调让老师们乘凉。这种亲如一家的相互关心，无形中也在教育和影响着学生。

《首次家长会》描述了高二年级的一次家长会，是一次成功的家校共育实践。这次会议不仅让家长更加了解学校的教育理念和发展情况，也让家长更加了解孩子在学校的学习情况。同时，会议也促进了家校之间的沟通和合作，让家长更加放心地将孩子交给学校教育。除了学校的周密安排和细心布置：从会议秩序、停车引导、为家长讲解参观、茶水供应、教室内的布置等各个细节都做了具体分工，责任到人。学生志愿者的参与也是这次家长会的一大亮点，这些志愿者不仅给家长会增添了一份温暖和亲切，也展示了学校对学生的培养和重视。通过志愿者的引导和服务，家长们能够更加方便地参加会议，同时也能够感受到学校对家长的尊重和关心。

《喜报寄给家长》着重介绍了家校共育中尝试进行的一种有效的激励方式。很多家长都非常关注孩子在学校的表现，但也有一些家庭出于各种原因，忽视对孩子的教育，无法及时了解学生在学校的情况。在这种情况下，学校需要采取一些措施激励学生和家长，以实现更好的教育效果。通过寄喜报这一形式，表现优秀的学生受到表彰，这会激励他们更加努力地学习。同时，有不良习惯的学生也会因为他人受到表彰而有所收敛，见贤思齐。这种激励方式可以有效地宣传学校的教育理念和文化氛围，吸引更多家长和学生的关注和认可。同时，学校也可以通过家长的反馈，了解学生在家庭中的表现和学习情况，从而更好地指导学生的学习和成长。

在《俺孩儿都是在这儿学坏了》《不能为孩子的错误买单》《我再也不"作"了》《差点被开除的第一名》这些文章中，突出了家校合作的独特作用：学校和家庭是孩子成长最重要的两个关键环节，只有学校和家庭和谐沟通、互相配合时，才能为孩子的成长提供最佳的环境。在这些故事中，校长通过积极引导和沟通，成功地将家庭和学校融合在一起，为学生的成长提供最大的支持。同时，也展示了一名教育管理工作者应该具备的重要素养。教育管理工作者在处理问题时，要有冷静、理智的态度，全面看问题的眼光，多样化的教育方法和处理方式，良好的沟通方式，处理问题过程的耐心和细致。

家庭教育是学校教育的基石，学校教育是家庭教育的延伸。在这个过程中，家庭和学校需要紧密合作，相互配合，共同担负起培养孩子的重任。同时，我们也需要认识到家校共育的长期性和复杂性，需要不断地调整和改进教育方案，为学生提供更加全面和个性化的教育支持。只有家校的良好合作，才能有助于培养学生的综合素质，帮助他们建立自信、积极面对未来的挑战，促进学生的成长和发展。

# 哭鼻子的谢子涵

▼

　　2023 年 6 月 25 日，高考揭榜，一大早喜鹊就在我的窗外叽叽喳喳。快 11 点时，有人敲门，随着我的"请进"声，一个女生推门进来，我定睛一看，原来是刚毕业的谢子涵（化名）同学，她开心地喊着校长，跨步来到我办公桌前，展开手里的高考成绩单，她考出了全校、全区的文科第一名。瞬间，我的眼睛模糊了。

　　我眼前浮现出三年前那个哭得最厉害的女孩子。那是 2020 年的 7 月 26 日，我们高一录取报到的最后一天，按照上级的要求，截至中午 12 点录取就结束了，需要把录取名单报到市教育局。可是，有一位家长提前打了电话，说她们路远还在路上，正急着往学校赶，让我们等她一会儿。

　　其实我们心里都清楚，这又是一个不想来报到的学生。2020 年为了实现城乡教育均衡化发展，中招录取分配生政策有了一些变化。农村学校分配生比例提高，目的是鼓励农村学生就近入学，不要硬往城里挤，这样相应也减轻了农村家庭的教育负担。

　　但是，这样一变动，那些接近重点高中录取线、在城区初中就读的学生家长就以为，如果不变动的话，他们的孩子就能上重点高中了，这样的变动不公平。因此，他们到市教育局请愿、到市里投诉。而那些已经被我们学校录取的前几十名学生，就找各种理由不来报到，他们是想等待请愿的结果。

直到教育部门的"最后通牒"下来了，他们才无奈地来报到。这个目前学校录取的全年级前十名的谢子涵，就是我们要等的主角。

其实，今天来报到的已经有十几个学生，每个学生都很有个性，尽管我和几位副校长都在和颜悦色地为他们面试、疏导（这是我们学校的独创，每一个新录取的学生，都要先经过校领导的面试，报到时大概了解学生的学习情况、是否偏科、性格特点、行为习惯等），但他们仍然一个个泪眼婆娑。

12：30左右，来了3位女性，都戴着口罩。她们介绍之后我了解到，是两个姐姐带着妹妹来报到，一直在哭的是最小的妹妹，叫谢子涵，在初中成绩一直不错，预估可以考上重点高中，但这次中招没有发挥好，被我们学校录取了，心有不甘，所以不愿来报到。即便今天被迫来了也是一百个不情愿。

我笑着给她们讲道理，我说高中三年只是个过程，不要太在意在哪个学校上，而要看哪个学校更适合你。听了我的话，谢子涵哭着说："我适合在漯河高中上。"我又笑着说："漯河高中当然好，是全市最好的。你既然没有考上，说明你还有一定差距，我们与漯河高中相比，离市区是远点，但远近不能光看路程，要看心里距离。就像三年后你是想考入北京大学，还是漯河大学？肯定是北京大学，因为你向往它，心里距离就近。"我看她的两个姐姐都点点头，又接着说："再说了，你们来这儿是为了考大学的，只要能帮助你考入理想大学，不要计较在哪里上，在这所农村高中考入985院校与在重点高中考入985院校，得到的羡慕是不一样的，在这里更能证明你的努力。"

不知道是不是我的话说她心里了，她哭得更凶了，连我也被她感染了，我本来就比较感性，眼里也快流泪了。我笑着说："你别哭了，再哭我也被你弄哭了。赶紧完善手续去吧，我相信三年后你不会后悔的！"

日月如梭，转眼三年已经过去了。第一年我还多次找她谈心，给他们那一批不甘心的优秀学生加油，新一届高一来了之后，我的注意力又转到了初来乍到还不太适应的高一学生。

不过，我从没有放弃对她的关注，因为她一直在进步，多次考取全年级第一名，联考中，她的语文还曾经考入了全市前 100 名。我有几次碰见她，问她在这里学习后悔不后悔，她都笑着跑开了。

最终，她不负厚望、不负理想，高考考出了我们学校文科第一名。

# 冲动的男孩

▼

一天晚自习放学，同学们说笑着匆匆往寝室走。突然，值班的班主任老师发现一个男生在放学的人群中拉着一个女生的手往手里塞纸条，于是就把他叫到路边。

这个学生非常不配合，老师问什么他都不承认，也不说自己是哪班的，叫什么名字。值班老师有点生气，就批评他两句，可能是声音有点高，他突然冲着想往院墙边跑。我一看不对劲，就走过去，拉住他的手，语气平和地说："你也没有犯什么大错，跑啥哩？"说着我拉着他去政教处谈心。

路上我以长者的身份教导他，犯了错误要及时承认错误，态度好了，老师就不会生气了。将来步入社会也是这样，遇事不能一根筋，那样一定会吃亏。我又很轻松地问他爸是干啥的。他随口说死了，我感到很吃惊，以为这个孩子是和他爸闹矛盾了，所以才在学校叛逆。接着他又说了一句："我也不想活了。"我更感觉事态严重，紧紧地攥住他的手。

到了政教处，让他坐下，我坐在靠门口的一边，我的手自然地扶着他的手。我语重心长地给他讲生命的意义、人生的价值、上学的目的，从大的生涯规划到小的学习习惯，从国家的发展到班级的管理，看似漫无目的，实则在稳定他的情绪。等他情绪平复了，我很轻松随意地问：

"谈谈你的家庭吧，父母是干啥的？"他不想说，我又问："爸爸是干什么的？"

他的眼泪一下子涌了出来，哽咽着说："过去是跑大车的，去年出车祸死了。"他抑制不住自己，哭了起来，我忙把抽纸轻轻递给他，叹口气说："对不起，我不知道。"我突然想起去年的一天下午，我正好在政教处，班主任带着一个学生很慌张的去拿请假条，办理请假手续，说是学生父亲出车祸了。我安慰他不要慌，遇事要冷静，有啥处理不了的可以打老师的电话，或者打我的电话。

"你请假那天我知道，我还嘱咐你要冷静。"我用沉重的语气说，"你很坚强，不过以后再提到父亲时说去世了，不要说死了。这是对他的尊重。"他点点头，我接着说，"你们的生活一定很不容易，但生命不光属于自己，是属于所有关心你的人、爱你的人的。所以不要轻易说'我也不活了'这样的话，太让人难过了。设想一下你真的不活了，最伤心的是谁？是关心你的人和爱你的人。所以不要做让亲者痛仇者快的傻事，要坚强。你这样的家庭，更应该好好学习，通过考学改变命运，通过奋斗让你的家人过得更好，你说是不是？"他轻轻地点点头。

那天晚上我们谈了很多，很晚了我才送他到学生寝室。我交代他要学会与人沟通交流，有事可以找我谈心，可以记住我的电话，即使毕业了，有困难了也可以联系我，我说我永远是你的"长辈"和坚强后盾！

# 异性同学喂饭

▼

　　2018 年我刚接任校长时，每天三餐都要去餐厅查处、纠正学生的违纪行为，因为那时餐厅里太多乱象：学生吃饭时都是脚踩在座位上，蹲着吃；学生乱倒饭菜；买饭时大个子男生随意插队；个别男女生在一个碗里吃等。我印象最深刻的是一天早饭时遇到的那件事。

　　那天我正在餐厅里转，突然发现一个男生在往对面一个女生的嘴里喂饭，女生不但不躲避，反而乐在其中。我一看就气不打一处来，走过去呵斥他们："这是在学校，你们不知道要注意影响？！"那个女生不但没有认识到问题，反而大声地跟我吵闹道："他喂我咋了？他不陪着我吃饭，我吃不下去。"我指着周围的学生愤怒地对她说："难道这几百上千人，就不能陪着你吃饭？！" 我第一次感到一个高中女生突破了我的教育认知底线。

　　我气得把他们带到政教处，她又狡辩说男生是她哥，是她亲哥，在家就是这样喂她的。我让政教处的老师拿两支笔，两张纸，分别带他们到两间屋里，让他们写出他们父母的名字、家庭成员、家庭住址、家人的电话等。

　　拿到纸笔后写的结果可想而知，当然是驴唇不对马嘴。我让班主任把他们的父母叫到学校，我当着他们的父母面批评道："高中生就该有高中生的样子，你们今天的行为举止，严重违反了《中学生守则》，

造成了恶劣影响，要写检查。"我又对他们的父母说："回家要好好
教育孩子，在公共场所要注意形象，不能让人笑话。"

　　我是自言自语，也是说给他们的父母听，如果几百学生吃饭都陪
不住你，只好让你家长天天来陪你吃饭了。

# 帮助同学帮出的"病"

▼

　　听说高三（7）班有个叫珊珊（化名）的女生，几乎一到学校就想请假回家，谁劝也劝不住，我便主动对班主任说，我见见这个学生和她的家长吧。

　　周二这天，她的妈妈又来学校接她回家，班主任就打电话问我忙不忙，有空见她们没有。我说不忙，你先让她妈妈来我办公室吧。落座后我先了解她的家庭情况，开门见山问她家里是不是和谐，当着孩子的面有没有经常吵架？她说家里一直很好，也很少吵过架，没有任何意外的事情。我又问孩子近期跟别人有没有发生矛盾和冲突，或者有什么不愉快的事情发生。她说没有，而且孩子活泼开朗，是外向型的性格。我感觉不可能是这样，就说，如果有个孩子突然变得暴躁或者情绪不稳，一定是有什么人或者什么事刺激到了她。

　　家长沉默了一会儿，吞吞吐吐地说："其实真没有什么事刺激她，要说有，可能是前一段时间她有个同学抑郁了，她和俺家姑娘关系最好，俺的姑娘就经常开导她，和她在一块儿，是不是被那个孩子影响了？俺家姑娘现在在学校不想学习，连饭都不想吃，刚才她打电话说，今天到现在都没有吃饭。"

　　我听了感觉事情有点麻烦，就埋怨她说："其他学生有问题，她一个学生怎么能解决得了？咋不及时告诉老师、告诉她家长呢？！你的孩子不吃饭，身体就不强壮，就难以抵御疾病；身体不强壮，就没有精神，更不能抵御心理上的疾病。"

我让老师把她的学生带过来。我先问她饿不饿，说着拿一根火腿肠递给她，她摇头表示不吃，我说让她妈给她买盒奶、买块面包，她也摇头表示不吃。

我先说她妈一直夸她性格好，外向，好帮助人，老师也夸她学习用心，和同学关系比较融洽。我说你们来学校是学习的，除了学习之外，还可以锻炼社交本领、掌握对世界的认知、发展兴趣爱好等。如果同学或者好朋友有事了，力所能及地帮助，其他帮助不了的，可以告诉老师，告诉家长，他们是大人，他们有办法。

我接着说："你这一段可能看新闻了，有个妈妈带着孩子在海边玩，孩子不小心掉海里了，他妈妈赶紧跳到海里去救，可是她根本不会游泳，也沉到水里了。这时正好一对年轻夫妇在附近游玩，那个女的一边大声喊丈夫救人，一边拍视频，一会儿她丈夫把水里的母子救了上来。"我望了一眼对面的珊珊说："你看，帮助别人还得自己有那个能力，要量力而行，如果能力达不到，不但救不了别人，还容易把自己搭进去，你说是不是？"她同意地点点头。

我建议她回家跟妈妈好好谈谈，调整一下，调理好了再来学校学习。目前不要关心别人的事，她现在身体不好，连自己都照顾不好，咋有能力帮助好朋友？同学的事可以告诉老师，让班主任处理。她也听从了我的建议，和妈妈一起回去了。

# 纠结

▼

　　高一开学一个月后，一位平时比较细心的班主任发现她班一个张姓女生手腕上有用小刀划的道子，私下告诉我后，我就让班主任把学生叫到我办公室。

　　学生过来后，我先递给她一杯茶水，然后关切地问她咋了，有什么委屈可以给我说。她一下子哭了起来。老师试图看看她的胳膊，她哭着不让看，我们只好把她的家长请来。

　　本来是给她妈妈打的电话，可是最后是她的奶奶和妈妈同时来了，按说这也很正常，毕竟现在孩子少，许多家庭都是一个孩子几个大人。但是，不同的是不管问学生啥，她妈妈回答时都是吞吞吐吐，有时还要偷偷看一眼她的奶奶。而她的奶奶呢，不但回答爽快，而且强势，还老是抢答，发现她的母亲哪句说得不好时，还批评她不会说话。

　　通过了解，我知道了她家的情况。她们一家三代生活在一起，张同学的爸爸经常在外打工，啥事都是奶奶说了算。她奶奶嫌她妈妈没本事，老是当着张同学的面训斥她妈妈，她妈妈也经常委屈地偷偷抹泪。这些情况张同学都看在眼里，急在心上。

　　我们分析后认为，张同学看到最疼爱她的奶奶经常训斥她的妈妈，而妈妈也是最亲最爱她的人，她很纠结，是妈妈错了还是奶奶错了？她"恨"妈妈太不争气，又"恨"奶奶太霸道，但又都恨不起来。于是就用"自残"的行为来谴责她最亲的两位长辈。

我把我们的猜测和建议真诚地告诉了她的妈妈和奶奶，希望她们以后都改变一下，奶奶对妈妈多尊重一些，不要再当着任何人训斥妈妈，而妈妈也要多学习，提升能力，说话硬朗，做事果断，使家庭更和谐。当然，这些不是一两天能做到的，大家要有信心，慢慢改变。

她们也都很认可我的建议，纷纷给张同学保证，以后家庭和睦，都会一如既往地关心她、疼爱她。也希望她以后有啥想跟妈妈或者奶奶提建议的，就尽管提，她们都会虚心接受。奶奶提出要在学校陪张同学一段时间，我们考虑后，感觉奶奶年岁大了，再说张同学更需要的是和妈妈的相互了解，因此决定让她妈妈每天晚上睡觉时在校陪伴她一个月。

一个月后，张同学完全调整了过来，成绩也开始逐渐提高。再后来，她选学了艺术专业，高考艺术过了 A 段，文化课考了 500 分，顺利考上了大学。

# 穿合脚的鞋

▼

鲁浩彤（化名）因抑郁不上学了。我听到班主任这样说时，简直不敢相信。因为她每次见到我都会腼腆地一笑，这样的学生没有理由精神抑郁。于是，我告诉班主任通知她家长，让她带着孩子来见我。

过了几天，我又想起鲁浩彤的事情，问班主任家长咋没有带着孩子来见我。他说是家长不愿意见我。我向班主任要家长的电话，他也不愿意给我。

我考虑这背后一定有原因，于是坚持要来了家长的电话。

我打通家长电话后，问她孩子现在是啥情况，她说一直跟着她去单位看书。我问孩子现在开心不开心，她说不开心，我让她带孩子来学校，说我想跟孩子谈谈，她却迟疑着不愿来。我问她下一步想咋办，她说她也不知道该咋办。

我说你现在带她来吧，我们谈谈。她推脱说现在忙走不开。我说那好，我现在给你们局长打电话，替你请假。她看我态度坚决，勉强地说："好吧，我们现在过去。"

半个小时后，她们母女来到了我办公室。我问她们咋来的，她母亲说是坐出租车。我这才知道，原来鲁浩彤的爸爸长期不在家。

鲁浩彤进屋后就一直哭，我递给她抽纸，问她不上学的原因，她光哭不说话。我问是老师批评你了？还是哪个老师误会你了？她摇头。

我说是和同学闹矛盾了？她还是摇头。我问她母亲："她给你说过啥原因没有？"

"没有，我在家问她，她也是啥都不说，光是哭。"

我心平气和地说："你光这样哭，是在折磨自己，也是在为难你妈妈。你看你妈妈多不容易，要上班养家，还得带着你去单位，既影响工作，同事也会议论她。你大了，要替家长考虑，来学校上学，才是你该做的，才对得起家长和你自己。"

她不再哭了，似乎听进去了我的话。我说你有啥委屈，有啥要求可以给我说，我不但为你保密，还愿意帮助你，满足你的要求。

她犹豫了一会儿说："我可以换个班吗？"

我说可以，你还有啥要求？

她摇摇头，我问她为啥要换班，她仍旧摇头。我问她想去哪个班，她说了想去的班以后，我答应她午饭后就可以去，我得先给那个班主任说一下。她点头同意。

见气氛有所缓和，接着我又请她给我提提意见，给学校提提意见。

她说学校是不是管得太严了？我说严是对待违纪学生的，对你们这些不违纪的从来没有批评和约束。

她笑着说："有学生私下给你起外号。"

我说起外号肯定不对，但只要不是恶意的，也不是什么大事呀！

她说我以后有啥事可以直接来找你吗？

我说可以呀，经常有同学给我写信、提建议，我很欢迎的。

我们聊了一个多小时，看她解开了心里的疙瘩，我笑着说："咱学校刷脸吃饭，今天中午你可以靠你的'面子'请你妈在餐厅吃饭。"

她笑着说好。

我让她和妈妈聊会儿，就去跟她的新班主任沟通。

午饭后，她去了新的班。

后来，她变的开朗了，有一次她还带着一个女生来找我，一进门就笑着说："校长，张同学有事想请教你。"

我说好呀。

她们问了一些算不上问题的小问题，都是她替那个同学问，我都一一认真解答。她们满意地走了。

后来，她的成绩一直在进步。高考后，她被一所重点大学录取了。

# 扔袜子

▼

　　大概是 2018 年下半年的一天早上，因为前一天刚下了一场大雨，操场没法上早操。同学们起床后，大多都跑步进教室上早自习。

　　我和平时一样到每栋教学楼转一圈，当我转到实验楼前时，远远看到一个男生往一个女生手里塞东西，女生不要，他硬往手里塞。女生生气地把东西扔到了地上。我走过去弯腰拾起来，是一双刚买的女式袜子。男生见到我，转身要跑，被我叫住了。

　　我问他是哪个班的，为什么要给女生买袜子？他不肯说，我把他们两个叫到政教处，让他们分别写情况说明。我要求他们写清是哪个班的，咋认识的，刚才在干啥等，看他们写的一致不一致。

　　我看了他们写的内容，知道是男生要追求女生，为了表达感情，大休返校时瞒着家长，到商店给这个女生买了一双女式袜子。而女生思想很纯粹，专注于提升学习，不想分散精力，所以坚持不要，甚至气得把袜子扔到地上。

　　我表扬了这位女生的做法，鼓励她在学校努力学习，不受干扰、不违纪，争取考一所理想的大学。

　　对这位男生，我让班主任通知家长，当面教育。

　　男生的父亲来了以后，我把他和学生都叫到我办公室，当着学生的面问他父亲："你送孩子来学校是让他学习的还是让他找对象的？

你平时都给他多少钱？咋花的你问过孩子没有？"

孩子的父亲迷茫地摇摇头，我又冲着学生问："今天早上你在干啥？当着你爸爸的面给我说说。"孩子胆怯地不敢说。

"干啥坏事了？说！"他爸大声训斥，我忙用手制止。

孩子小声说："我给女生送一双袜子。"他父亲听了又生气又想笑，缓和语气问："用啥钱买的？"

"生活费。"孩子答道。

我既是说给学生，又是说给他父亲："我们学校餐厅价格低，一天的伙食费不会超过20元，保证有营养，有肉有鸡蛋。给孩子的生活费多了，他就会想点子吃零食、做不该做的事。"

停顿一下，我转向学生接着说："就说今天这双袜子吧，你得想法给家长说假话多要钱，还得想办法去买女式袜子，不让家长知道，不让同学知道，到学校还得想法藏好，今天咋送恐怕你昨天晚上也想了很久，如果这些心思都用到学习上，你能学不好？"

话虽然说得不重，但让他们父子俩都心服口服。我又对孩子的父亲说："其实高中学生异性之间互有好感很正常，但是，如何表达这种情感是很讲究的。比如，可以把对异性同学的好感写在日记里，作为以后美好的回忆。或者升华为诗歌、散文等文学作品，甚至可以投稿给报章杂志。如果表达方式不对，不但会让自己产生烦恼，还会给对方造成麻烦。"

临走，我又叮嘱他父亲说："花开有早晚，晚开不一定不灿烂，他总有迷瞪过来那一天，回家后不要打骂他，要多教育开导，让他知道你挣钱的不易，让他懂得学习的重要性。"

**按语**

# 从启发到疏导，助力学生跨越成长难关

在教育的世界里，每个孩子都是一颗独特的种子，需要独特的养分和关怀。启发疏导，就是一种通过引导学生发现自己的内在需求和动力，帮助孩子找到内生力量，激发他们积极向上的重要方法。它需要教师理解学生的心理状态，发现他们的兴趣和目标，然后引导他们实现目标。这样的教育方式，不仅让学生在学习中得到知识，更让他们在学习过程中自我发现和自我成长。

谢子涵（化名）一开始对到农村高中就读产生抵触，心有不甘，然而，通过校长的启发疏导，她开始了解自己的内心需求和目标。她明白了高中三年不仅仅是一个学习知识的过程，更是一个成长和发现自我的过程。校长的启发疏导，并非一蹴而就，它是一个历经反复的过程，一个引导谢子涵独立思考、发现自我价值的过程。校长用他的话语，用他的方式，让谢子涵明白：无论在何处学习，只要心有向往，就能实现自我价值。这个故事告诉我们，启发疏导是对生命的尊重和理解。只有真正理解孩子，引导他们发现自我，才能激发他们的积极性和创造力。

在《冲动的男孩》中，校长在面对学生的情感问题时，没有采取简单的批评或惩罚，而是以长者的身份引导学生学会正确处理，这种温和的态度和启发式的方法，让学生愿意与老师交流，从而更容易解决问题。在与学生交流时，展现出一个优秀的教育者应该具备的素质：耐心、温和、注重学生的情感和社交能力的培养、强调生命观和人生价值的重要性、注重学生的自我认知能力和自我管理能力的培养。不仅要关注学生的情感状态，还引导学生认识自己的优点和不足，并教导学生如何通过努力改变命运。这种教育方式让学生更加自信和自律。

在《异性同学喂饭》《帮助同学帮出的"病"》两个故事中，管理者通过启发疏导的方式，不仅可以引导帮助学生认识问题并主动改正错误，还可以帮助家长认识孩子的问题所在，让他们愿意配合学校，共同帮助孩子解决问题。

启发疏导在正确处理学生心理问题和家庭关系上起着重要作用。在《纠结》和《穿合脚的鞋》的故事中，直观而形象地展现出家庭成员之间的关系紧张、不和谐，导致学生性格和心理产生巨大裂痕。管理者为了帮助学生解决问题，首先与她的家长进行沟通，了解到家庭关系紧张的原因。然后通过耐心地倾听和理解学生的感受，引导学生发现问题并寻找解决问题的方法。文章同时强调了家庭教育和学校教育的重要性，只有家庭和学校共同努力才能够帮助学生健康成长。

启发疏导同样也能有效引导学生树立正确的情感观和价值观。在《扔袜子》一文中，作者为我们描述了一个早恋问题。他告诉学生送礼物是青春期正常的情感表现，但是表达方式不对会给自己和对方带来麻烦，通过启发疏导，帮助学生认识错误，教会学生用合适的方法处理相应的问题。

在学生的成长历程中难免会遇到各种困惑和问题，如学业压力、人际关系、情感问题等，教育管理工作者常常可以用启发疏导的方式，通过了解他们的学习、生活和情感状态，引导学生对问题进行深入的思考和分析，提出解决问题切实可行的方法和建议，从而帮助学生顺利健康成长。

# 教育情怀篇

# 监督学生吃早餐

▼

学校餐厅自营以后，学校设立个"后勤服务部"。因为学生两周才能回家休息，所以平时的生活用品和学习消耗比较大，比如卫生纸、毛巾、矿泉水、洗发膏一类的。为了让学生及时补充营养，后勤人员会去水果市场批发一些时令水果，再平价卖给学生。

后勤服务部里还有奶和面包，学生大课间活动量大，便于学生课间或晚自习下课后购买。后勤服务部每月核算有盈余的话，就通过给坐公交回家的同学补车费、搞活动免费送水等形式回馈学生。

而我的办公室就在后勤服务部隔壁，只要我在学校住，每天早自习下课前，我就坐在办公室前看书。因此，我经常看到下课时有个别学生不去餐厅吃饭，到后勤服务部买个面包买盒奶，就急着往教室跑。当然，有的学生确实是想节约时间去教室学习，也有的是趁着这个时间看违禁图书（尽管进校门时学校查过了，但仍有偷偷带进学校的）。

遇到这样的学生我都会叫住他（她），问他（她）为什么不去餐厅吃饭，他们一般都说不出理由。其实这些学生是饮食习惯不好，平时家长也很头疼。我就给他们讲早餐的作用，告诉他们餐厅里的家常饭养人，我总是笑着说："老包（包拯）都说'要吃还是家常饭，要穿还是粗布衣'，一定要吃早餐，尽量不要买零食，从小养成健康饮食习惯，保护好你们的胃。身体好了才能用学到的知识报效祖国。"

因为我经常在后勤服务部门前查，经常给学生讲道理，早上买零食的学生越来越少，后勤服务部的人员早上没事干了，就每天早上拿着大扫帚打扫校园卫生，用行动给学生作表率。

# 搭顺风车

▼

12月的一天，已经晚上6点了，我突然有急事需要回城里，当我开车到涵洞口时，看见一个学生寒风中抱着膀子在路边等车。我习惯性地落下车窗，问他是不是高中学生，是不是要去城里，他略显兴奋地回答是，并喊了声校长。我说上车吧，他高兴地拉开车门，坐在了后面，说了声谢谢。

路上，我问他是哪个年级几班的，学习咋样，他一一回答。他说自己学习不太好，平时考三百多分，说可能考不上本科。我问他各科的成绩，问他英语是不是按照我大会上要求的每天记五个单词，三轮九遍过脑子？数学是不是抓住了预习和高效课堂？每天问老师不会的题了没有？语文是不是每天坚持背诵、阅读和积累？他说都没有做到。

我说："现在你们正是吃苦的年龄，学习必须自己吃苦，必须有坚定的目标。现在你所有的偷懒，都会被将来的社会打脸。"我们一路谈了很多，完全没有校长和学生之间的距离感，就像长辈和晚辈的随意交流。

因为有急事，一路上超了许多辆车。我说你看我们超了多少车，因为我们有事要赶到前面，这就像你的学习，因为你现在落后了，要想考上本科，必须从现在开始，逼着自己超越。超越了别人，你就能实现自己的梦想，考上理想大学。他很自信地说"明白了"。到他下车的地点后，我提醒他下车时注意看路边行人，他小心地开车门、下车，一再说着谢谢校长。

　　我相信，这一路的谈话，看似漫不经心，其实比专门找他谈心、督促他学习效果要好得多。

# 早上喊起床

▼

　　刚来郾城高中时，这里没有早自习，晚自习没辅导，是真的让学生"自习"。因为学校老师的孩子都在城里上小学、幼儿园，他们还要照顾孩子。

　　常言说："人都有惰性。"没有老师管着，学生们会怎样自习可想而知。上过学的都知道，"闹钟虐我千百遍，我对被窝如初恋"，睡一次懒觉真比受到表扬过瘾。怎奈"我想放纵自己，梦想却不满意；被窝很温暖，理想更丰满，但现实很骨感"，为了考上大学，哪个学生不是在拼，哪个家长不是想尽了办法？

　　我到学校的第一件事就是狠抓晨读，"黑发不知勤学早，白首方悔读书迟"，为了让学生按时起床上早自习，我每天就像生产队长喊社员上工一样，起床铃一响就到男寝室外边，扯着喉咙喊："赶快下楼！赶快起床！"喊完以后，我再走进院里喊一遍，有时看水龙头处洗刷的学生不多，我还会推门到寝室看看。

　　如果发现仍然有蒙头酣睡的，我会像他家长辈一样，拽着他的耳朵喊："快点，下雨了。"这时，同寝室的同学就会喊着他的名字叫他起床。

　　几个男生寝室院喊完，我也会再到女生寝室院外"吆喝"几声。慢慢地迟到的少了，教室里的读书声越来越大，连校园外边的几户群众都说，现在不能睡懒觉了。

后来，学校给寝室管理员每人买了一个小喇叭，起床铃响后，寝管就打开小喇叭，一直播放音乐，我再转到寝室的时候，学生几乎都在洗漱或者穿衣，已经没有睡懒觉的了。再后来，大多数学生已经养成了出寝室门跑步进班读书或者进操场上操的习惯。

为了督促学生早晨入班即读，营造良好的早读氛围，学校要求班主任守土有责，每天守班，任课教师必须精心布置读背内容，年级主管适时深入班级督导，学生干部带头大声朗读。班主任目睹校领导兢兢业业不辞辛劳，也都不甘落后；学生看到班主任出满勤干满点，以身作则，任劳任怨，大家的学习激情空前高涨。

我们说榜样的力量是无穷的！这就是一人动带动大家动，大家动带动全校动，学生激情朗读的状态终于逐渐形成了！

# 我的"室友"学生

▼

2022年5月的一天，晚上7点多了，我接到一个电话，是过去的一个同事打的。一接通她就哭着说："让俺的马兴驰（化名）暑假后去你那儿复读吧！"这句话弄得我丈二和尚摸不着头脑，捋一下思路，我疑惑地问："你家兴驰不是在重点高中上学吗？他不是一直学习很好，在全校还是前几名吗？马上就要高考了，你咋说暑假后让他来复读？况且国家也不提倡复读，我们学校也不敢收复读生。"

她控制了一下情绪说："今年他也没怎么去学校上学，在家一直离不了手机，早上不起床、不吃饭，晚上整夜玩游戏，连蹲厕所都会拿着手机玩一个小时不出来，谁说他也不听。"

"咋会是这样？"我带着遗憾问，"今年你不想让他参加高考？"

"他这样咋去参加高考？就是考了也考不上，所以我想暑假后让他去你们学校或者找个学校复读。小时候我经常带他去咱单位，你们都对他可好，他都知道，他对你也很尊重。"

我听了觉得有必要见见这个孩子，就说："你现在带他来学校见我吧。"

"现在去晚不晚？"

"我们老师查寝到22：30，我和他们一样。"

半个小时后，他们一家三口来到了我办公室。眼前的马兴驰已经是一米八的大小伙了，找不到小时候活泼的影子了，他变得害羞，还有几分呆滞。

我请他们坐下后，笑着夸孩子个子长高了，小时候多听话，然后我板起脸说："兴驰，我听说你在你们学校是前几名？"一句话问得他低下头，我接着问："你今年打算报考哪所大学？"他还是不语，"如果今年能考上大学，我建议就去上，不要复读，因为明年高考改革，复读就没有优势了，现在还有二十天的时间，一定要拼一下。"说着，我把手伸到兴驰面前说："把你的手机给我看看。"他很自然地从兜里掏出手机，递给我。我拿着他的手机说："这是个高科技产品，用得好可以方便我们的生活，用不好会毁了一个孩子。连大人都控制不住要玩，爱玩是人的天性，但你们快高考了，一定要克制。"

接着我分析了他现在的情况，提醒他如果再这样下去，会影响他的前途，如果现在转到我们学校，我可以帮助他克服玩手机的毛病。并答应他可以住到我的住室，我陪伴他做好最后的冲刺。

兴驰还算听话，答应回去考虑考虑，收拾一下东西，给原学校完善请假手续，便于及时联系完善报考手续。我说手机我暂时保存了，他也没有反对。

回去后他的家长在微信里反复说我真神奇，他们天天要手机都要不过来，而我一伸手就要过来了。家长唯一担心的是剩这十多天能不能考好。我说你们孩子的底子好，我看管得紧一些，哪些学科有知识漏洞了，让他找老师补补，应该没问题。就像原来是个胖子，因为近期没好好吃饭饿瘦了，加强营养是很容易吃胖的。

第三天早上孩子就来了，并且住到我的卧室，白天正常上课，我让他多刷题，多请教老师。晚上到卧室我看着他再做一个小时的卷子，23：00准时睡觉，早上5：20我喊他起床。

整整 17 天的时间，他顺利地参加了高考，揭榜时以超过本科线二十六分的成绩考上了大学。

# 不一样的凳子

▼

　　每年高三毕业季，各班班干部都会把学校发给他们班里的公物交还给政教处。本届高三毕业班也照样办理。有一天我转到政教处，发现还回的公物里，有一个不一样的凳子，经过询问才了解到，原来是高三（10）班的一名学生坐坏了原来的凳子在网上新买的，弄清情况后，我马上让财务处的老师把钱退还给他。

　　为了方便老师们听公开课，学校专门买了几十把塑料凳子，给每个年级都分发了20把。这些凳子比同学们坐的凳子高一点，便于老师们坐在后面听课，比学生的木凳轻一点，搬起来方便。

　　高三（10）班的一名同学，也许是好奇，也许是为了坐得高一点，平时经常搬一把塑料凳子坐，遇到老师们听课，他再换回木凳。就这样，他经常来回的换，加上同学之间的调皮玩闹，有一天他把一把塑料凳子坐坏了。他怕老师知道了批评他，就买了一把偷偷补上。

　　当我知道了这背后的故事后，我认为学生上课坐坏凳子是很正常的事情，因为凳子本身就是易损品，教师听课可以坐，学生听课也能坐，难道老师坐坏了也得赔吗？因此，我就让财务处的老师把钱退还给了那位学生，并且对他这种主动担当的做法给予了肯定。

　　由此，我也进行了反思，什么是一个学校的成功？能培养出像这种学习成绩可能并不是十分突出，但是，懂规矩、有担当、知感恩的学生的学校算不算成功呢？

# 说谎的男孩

▼

董志勇（化名）是一个极其聪明的孩子，他考入我们学校时分数并不高，到高中后也没怎么认真学习，甚至还经常请假，可是每次考试分数都还可以。班主任对这个学生也没有什么好办法，经常跟我谈论这个孩子。

"董志勇这个学生有点儿可惜，他如果努力一些，将来一定会考个不错的大学。聪明、理解力好，上课不怎么听，但老师提问他都会。平时经常请假，明知道大多是谎话，但他妈妈却一直迁就他。"听了班主任的话，我说我见见他家长吧。

见面后我先让他们谈谈孩子的情况。他们说孩子初中时就经常请假，加上疫情因素，孩子几乎没怎么去学校。一直到九年级下半学期，他还是成绩不怎么样。"我们看他难以考上高中，就跟他进行了一次深谈。"他妈妈说，"我告诉他现在的中招政策是考不上高中谁都得上职专技校。"谈了以后我们也不咋搭理他，只在暗地里观察，他大概中招前的一个月开始拼着学了，还不错，总算考上了你们学校。

他妈妈叹口气说："唉！就这一个孩子，不由着他咋办呢，管松了怕管不住，管严了怕出事儿。"通过交谈，我发现他爸爸人比较老实，妈妈比较能言善辩，他们也确实没有办法。

我开导他们说："现在的家长普遍有这种心理，我们也能理解，以后我们加强沟通，减少他说谎话的机会，慢慢把他扭转过来。孩子懂事也像开花，花开有早晚，我们急不得，晚开的花也不一定不灿烂，我们静待花开吧。"

统一思想后，我跟班主任交代，以后这个学生再请假你就告诉他，校长和你家长是朋友，你请假必须校长批。这之后，刚来学校不到一周，他又跟班主任请假说是发烧，班主任告诉我后，我带着他去学校卫生室，让先给他量量体温。大约 5 分钟后，他从腋下拿出体温计看了一下，一边甩了几下一边说："38.5℃，我让我妈来接我。"

他站起来要走，我说先别急，我过去摸摸他的额头，感觉一点也不烫，我让他再量一次，我说量完我看看到底多少度，让医生看看吃什么药。他很不情愿地重新量体温，不到 5 分钟他说没吃饭有点儿饿。我问他为啥不吃，他说没胃口。我估计他是想着让妈妈接走回去吃，所以没去餐厅。我就说，你先量温度吧，一会儿我去我屋里给你下面条，我冰箱里有牛肉，也给你切一些。

说话间，他已经量好了，我拿过体温计看了一下，36.8℃，我说体温正常啊。你这样让你妈妈来，既耽误她的事，也影响你学习，不如让医生看看给你拿点药，我去给你下面条。他说啥也不让下，一个劲儿地催我去忙吧，不用管他了。

校医也说你去忙吧，我这儿啥都有，我给他做饭。

后来校医告诉我，他到底是啥也不吃，非要让他妈妈来接他回去，他妈妈来了，让校医和班主任都不要告诉我，最终还是把孩子接回去了。

# 高考证件全部丢失

▼

6月8日下午1：40，我接到高三（3）班班主任的电话，听着她急促而紧张的声音，我安慰她不要着急，然后问她详细情况。

她说她班学生黄奕迅（化名）同学的证件全部丢了，而这一场是英语考试，按规定2：45后就不能进场了。我让她把离校前安排的，预先手机拍摄的学生身份证、准考证的照片发给我，再协调考试院先拉一份准考证，安排学生进场，不影响学生考试。同时让家长求助交警，回家拿临时身份证。挂断电话，我立即与考试院工作人员联系，说明情况，求助他们在电脑上再打印一个准考证。

然后，我又打电话问班主任学生的证件袋子上是不是按要求写上了家长的电话和学生的姓名，那样谁拾到都会及时联系家长。她说没有。我随口嘟囔一句："又是一个不听话的孩子和不当回事的家长。"我问她求助交警了没有，她说交警已经带着家长回家找备用的临时身份证了。

一会儿工夫，考试院补办的准考证打印出来了。

我正要打班主任的电话，让她去考试院拿补办的准考证，班主任的电话打过来了，说是学生的一套证件都找到了。

原来是学生坐爱心送考车时，把证件袋子落到了车上，等到送下一批考生时，学生发现了，司机通过学生住的宾馆查到了带队老师的电话，及时联系并及时送回来了。

　　感谢各方人士的无私帮助，总算有惊无险。我告诉班主任，回去后一定要总结好经验教训，以后再进一步加强教育，让学生一定按老师要求的，在证件袋子上写清楚家长的电话和学生的姓名，出门前、下车前检查好各种证件，以防万一。

# 止于至善

▼

　　分数高的学生已被重点高中录取，考不上重点高中的，家长和学生更倾向于城区高中，挑剩下的只得报考我们学校了。我们一直坚持"严苦奋争"的校风，管理严格，所以，许多在初中就小错不断的学生，来了之后一时难以适应。我们的班主任从高一开始就采取"抓、嫑（bia）、夸"的策略。"抓"就是通过立规矩、抓纪律，消除或减少违纪现象；"嫑（bia）"就是班主任通过守班贴身陪护，不让学生越轨逾矩；"夸"就是多发现优秀典型，多找他们的优点，通过表扬增强他们的自信。

　　尽管这样，仍有一些学生没有敬畏，不断挑战纪律底线，我们不得不开除（或劝退）这些屡教不改的学生。等他们回去后，或者被父母带到工地锻炼（吃苦）一段感觉受不了了，或者在家被父母冷落（教育）一段时间感觉没意思不如在学校时，他们会主动求父母把他们带回学校上学，并且保证不再调皮淘气了。这时他们的父母就会求班主任，或者找熟人求学校领导，希望给孩子个机会，学校一般都是会答应的。我常说的一句话是："我们是教育人的，不是开除人的。如果我们都教育不好，其他人也很难改变他。"不过，教育不是万能的，对那些冥顽不化的孩子，只有交给社会"磨炼"。

　　有一天在学校大门外，我正好遇到一个我签字劝退的学生，本来这些学生和家长都应该是带着气的，我也应该是有意躲开的。但我却喊住学生，走到他身边，说："昨天我已经把道理都讲清了，今天你们来拿行李，正好碰到我，我想再嘱咐一句。"说着，我用手一指大门外迎门墙上的四个红色大字说："你看这四个字'止于至善'，这就是教育咱的学生哪怕毕业了，出了校门也要记住，不论干啥，都要干到最好。不能丢我们郾城高中的人，不能做危害社会的事。"

他和父母一再点头说知道了。凝视着这四个鲜红的魏碑体标语，我在心里提醒自己，我们办学也应该"止于至善"！

# 喝水银的诗人

▼

一天下午刚午休结束，我正在办公室写工作日记，高一年级一个班主任领着一个学生敲门进来。这个班主任是刚毕业的大学生，第一年当班主任，她有点胆怯又很单纯地笑着说："校长，我们班这个学生把温度计里的水银喝了。"我一听，屁股像坐到了炭火上似的，腾的一下就从椅子上弹了起来，大声而紧张地问："啥时喝的？"师生俩都说是上午，我问为啥不早说，他俩一脸无辜地说："不知道这是违纪。"面对无知的他们，我顾不上说啥，问学生现在难受不难受，他说喝时也没有啥味儿，现在也不难受。

我赶紧打校医的电话，没有接通，又打镇卫生院院长的电话，也没人接。我立即打区医院院长的电话，她一听也很重视，建议我打市中心医院 120，直接去市中心医院更保险。我不敢迟疑，一边带着学生往我的车边跑，一边喊刘校长跟我上车，同时让班主任通知家长去市中心医院。

我开着车，打着双闪，简单给刘校长说了一下情况，让他拿着我的手机，开免提，方便我和医院的人及 120 联系。一路上，校医回电话问我啥事，我简单说了情况，她也建议我赶快送市中心医院，卫生院长回电话后，也建议送市中心医院。区医院 120 回电话说他们离学校近，要不他们来接，我说我开车快，打着双闪鸣着笛，相当于减少一半路程。

市中心医院 120 的医生路上跟我们沟通在哪儿换车，我根据路程预测，说预计在会展中心北门淞江路边最合适，然后报了我的车牌号。

当我开车到预计地点时，正好看到对面一个 120 救护车，他们也看到了我的车在打双闪，掉头停在了路边，我的车也停在他们车后。这时学生还跟没事人一样，没有一点儿反应，刘校长和学生转到 120 救护车上，我开车跟着他们。

到了医院，医生紧急为学生洗胃，我和刘校长按照医生的建议，一个到街上买生鸡蛋，一个去超市买酸奶。一会儿让孩子喝了六个生鸡蛋和几盒酸奶。他吐了一阵子后，医生让他休息，在医院观察。

孩子的父母都在外地打工，只能通过电话了解情况。医生告诉他们现在没有大碍，不要着急。直到两个多小时后，孩子的奶奶才倒了几次公交赶到医院。

第二天孩子感觉没事了，经医生同意，他又回到了学校。我问他过去家长和老师难道都没有给他讲过水银有毒？他说没有。他还说因为疫情，他带了三支水银温度计，不小心一下子全部打碎了，出于好奇，他把流出的"水"全部喝了。我听了一阵后怕，幸亏我知道的及时、开车"野"、医院处理得当、孩子身体好，谢天谢地，没有酿成灾祸。

我给孩子普及了水银的知识，鼓励他以后多看书，好好学习，争取考上好大学。我又问他有啥爱好没有，他说他爱好写诗和歌词，我说这很好，并告诉他我也写诗、写歌词，还发表过。我笑着说："我是咱学校写诗和歌词最好的。"让他以后把他写的诗和歌词拿给我看，我给他提提建议。开始他拿给我时很害羞，我看了以后也感觉太稚嫩，不像高中生的作品，但我还是找出优点，鼓励他，教他写诗和写歌词的一些技巧。经过几次的指导和深入交流之后，他的诗也有了韵味儿、有了内容，他本人也越来越大胆自信了。

　　我相信，他一定会随着他的诗歌飞得更远，飞到他梦之所及的地方！

# 送礼服

▼

2019 年元旦前，学校决定举办一场元旦联欢会，让学生自己排练节目、自己主持、自己负责音响，由校团委组织，以锻炼学生。安排下去以后，各班都很积极，学生们争着排练节目，都想拿出绝活儿，在同学们面前一展风采。

经过一轮的筛选，有的节目被拿下了。被取消节目的同学很不开心，有跑到我办公室投诉说不公平的，有缠着我让我给团委打招呼把他的节目加上去的，我就开导他们说："节目被拿下说明排的还不够好，你们可以在开班会时演给自己班的同学，不管咋说你们得到了锻炼，曾经参与了，这就达到了目的。"

一切准备好了，两位学习播音编导的同学找到我，壮着胆说："校长，我们是学校元旦联欢会的节目主持人。我们觉得穿平时的衣服主持不好看，学校能不能出钱给我们租套礼服？"

看着眼前这两个大胆而可爱的孩子，我突然想起女儿上大学时因为经常主持节目，专门在郑州买了两套礼服还躺在我家的柜子里，反正女儿也不穿了，不如送给我的学生。于是我就打电话给女儿，她听了也很乐意，我便专门开车回家把女儿的礼服拿来。当我送给两位主持人时告诉她们："这是我女儿上大学时买的礼服，现在穿不了了，就送给你们了，希望你们穿着它走上更大的舞台。"

# 五个苹果

▼

　　我们不提倡家长来学校随便送东西。一是为了培养学生的自我管理能力和习惯，不能老是丢三落四地把学习用具和衣物忘在家里，麻烦家长来送；二是怕引起学生攀比，许多学生的父母打工或者做生意，很少有时间和孩子在一起，如果哪个学生的家长来学校给他送零食什么的，其他学生都羡慕得不得了，就会打电话缠着家长也给他送。

　　这两年城里学校的学生考入我们学校的越来越多，有一段时间，我们觉得他们刚来，有的可能从小没有在学校住宿过，一连让他们两个星期见不着家长有点"残忍"，周末时有个别家长来学校看看孩子，学校也没有过多的干预。可是，就是开了这么个小口子，差点形成"攀比之风"。

　　因为来看孩子的家长，都是有车、有时间的人，他们来了会给孩子带许多零食。他们看完孩子走了以后，他们的孩子就高高兴兴地拿着爸妈送的零食进班，别的孩子就坐不住了，也纷纷打电话让自己的爸妈来看他（她），也要带好吃的。这样一来，家长不管在哪里工作，不管有没有时间，不管有没有条件来送，都被孩子"逼"着来了，不然就会被孩子埋怨。

　　于是，大门口停满了车辆，甚至堵满了门前的道路。有的家长在周边城市做生意，也不得不关门来"看"孩子；甚至有个孩子的爷爷，因为孙子要求买水果，只好买几根老黄瓜送来了。

到了周日晚上，家长送完东西回去了，得到家长"关怀"的学生，兴奋得晚上学习静不下心，睡不着觉；而一直没有等到家长来"关心"的学生，会一个晚上闷闷不乐，有的甚至脾气突然暴躁。这样一来，给学校管理造成了麻烦。

尤其是一件事深深触动了我，让我久久难忘。一天下午4点多，我巡视到学校大门口时，见一位近70岁的老人手里提着一个塑料袋，里面装着五个苹果。他说是他的孙女让送来的，哭着说人家的家长都来学校送水果了，非得让爷爷也买些苹果送来。我看老人走得有点累，就让他坐下，问他的孙女在哪个班，老人说不清楚，但知道孙女的名字。当我了解到这位老人是步行十几里路手提着苹果来的，我立即拿出一个苹果到水管旁洗净，递给他说："你一路没舍得吃一口苹果，这个你先吃下，你送的苹果我给你孙女拍张照片，让她知道你送来了。可是学校要求家长不能随便送东西，我给她说是我又让你拿回去了。"老人不肯吃，更不愿拿走。我说："学校的纪律是不让送，你不拿走就是违反了学校的纪律，再说如果让她吃到了苹果，下一次她还会让你送其他吃的，你这么大年纪了，她一点儿也不体谅你。"我又把其余的四个也洗净，装到袋子里说："这些苹果你不拿走，放坏也没人敢吃，你吃一个，剩余的路上吃。"

当晚，我们就开会研究，决定以后不允许家长随便来学校，不准中途送零食，要求班主任在家长群发信息，解释原因，分析利害。同时，学校该准备的时令水果要准备充足，价钱要低于市场价。

第二天，我找到那个女同学，让她看了她爷爷送来苹果的照片，告诉她要体谅老人，要遵守学校规定，并说以后想吃啥，可以在学校里买，一定比外边便宜，一定是放心的优质的。

同时，学校安排后勤人员，专门到城里超市购买优质奶、新鲜水果，按批发价供应。解决了学生想"吃"的问题，想法解决孩子想"见"家长的问题，就是让班主任每个周末在班会期间，选一两位表现优秀的学生，连线家长，通过视频在班上让他们说几句话，也给全班的同学说几句话。学生得到的"关爱"一样了，攀比的现象就少了。

## 按语

# 教育情怀中的温暖和力量

　　教育情怀是教师或教育工作者对教育事业的持久或深厚的感情，它包括三个方面：对教育事业的深情厚谊；对学生的真诚关心；对教育理想的执着追求。

　　在《监督学生吃早餐》文章中，学校餐厅自营后，学校后勤服务部平价卖给学生一些生活用品和学习消耗品，包括水果、面包、洗漱用品、学习用具等。这不仅方便了学生，还让他们得到必要的营养补充。校长的办公室就在服务部隔壁，每天早自习下课前他都会坐在办公室前看书，发现个别学生正餐不去餐厅吃饭，而是到服务部只买个面包和奶。这时，校长会叫住这些学生，询问为什么不去餐厅吃饭，然后讲解早餐的作用，告诉他们要吃饭，保护好自己的胃。通过这些做法，校长不仅关心学生的身体健康，也在教育他们要养成健康的饮食习惯和生活方式。

　　教育情怀体现在教育管理者以平等的姿态激发学生的学习动力。《搭顺风车》故事中，校长看到学生在寒风中等车，便主动让学生搭乘。在路上，他与学生进行了一番轻松愉快的交流，这种亲切的交流方式让学生感到放松和自在，更容易接受建议和引导。他以谈话的方式引导学生坚定目标，努力学习。同时，他还通过比喻的方式，告诉学生要像超车一样，逼着自己超越别人，实现梦想。

这种教育方式既具体又形象，既传递了积极向上的教育理念，也让学生感受到学校的关怀和温暖。

教育情怀体现在管理者对教育工作的高度敬业，在严管中给予学生厚爱。《早上喊起床》文章中，校长非常注重学生的早读环节。他认识到早晨是学生精力最充沛、学习效率最高的时候，因此每天像生产队长一样，不遗余力地喊学生起床、督促他们晨读。他甚至会到寝室查看，确保每个学生都按时起床、进入教室。这种对学生的关注和责任心，让学生充分感受到了学校对他们的关心和重视。同时，校长还注重营造良好的学习氛围。他不仅要求班主任和任课教师布置读背内容，还要求年级主管深入班级督导，学生干部带头大声朗读。这种氛围的营造，让学生更加自觉地投入学习中，提高了学习效率。校长也以身作则，亲自喊学生起床、督促晨读，为其他教师树立了榜样。

教育情怀体现在对学生的理解尊重、关心支持。他不仅帮助学生克制玩手机的行为，还帮助学生认识惰性，并引导学生找到学习的动力和方法。在《不一样的凳子》中，引发出对学校教育成功定义的思考。作者通过这个故事，提出培养有担当、懂规矩、知感恩的学生是否算成功的疑问。这表明，作者认为，除了学习成绩，学校教育还应该注重培养学生的道德品质和责任感。这种观念在当今社会越来越受到重视，教育的目的不仅是传授知识，更是培养具有健全人格和良好品质的人，这也是教育者对教育事业的最高境界和最高目标的理想追求。

教育情怀更体现在管理者对学生的深切关注和呵护。《喝水银的诗人》一文中，校长在得知学生喝水银后，迅速采取行动，联系了校医和医院，并带着学生前往医院救治。在路上，他通过电话与各方沟通，尽可能缩短路程。他不仅为学生购买生鸡蛋和酸奶，还亲自陪伴在学生身边，给予安慰和鼓励。这种关怀不仅缓解了学生的紧张情绪，也让学生感受到了亲人在身边的踏实。此外，作者还通过这次事件，对学生进行了知识和道德教育。他不仅为学生普及了水银的知识，还鼓励学生多看书、好好学习，争取考上好大学。同时，他还与学生分享了自己写诗和歌词创作的经验，并给予学生指导和鼓励。文章中，通过学生误喝水银这一事件，强调了安全教育和自我保护的重要性。作者认为，作为教育工作者，不仅要关注学生的学习成绩，更要关注学生的安全和健康。这种关注和关怀不仅让学生受益匪浅，也彰显了教育工作者的责任和担当。

他用自己敬畏生命、尊重人性的大爱在唤醒懵懂、点亮希望。

# 创新尝试篇

# 请家长陪读

▼

　　许多学校对于违纪学生都是采取让他们回家反省的方式，我们学校一开始也不例外。可是，我发现学生回去反省一周或者两周（视其违纪情况）以后，返回学校即使口头保证再好，隔一段还是会再犯错误。于是我就想，这些学生本来学习就不太好，回家一段时间后没有听课，再来学校肯定跟不上，越听不懂越容易违纪。与其让他回家反省耽误学习，回来后还得找老师补课，不如改成让违纪学生的家长来学校"陪读"两天或者三天，我相信家长会非常支持。

　　我们召开班主任会后，大家觉得这思路不错，就是估计难以推行，不过可以尝试一下。我班（我接了一个班的班主任）有个学生叫彭玉虎（化名），很聪明但就是不学习，甚至上课也不拿书。我问他的书呢？他说忘家了，我让他给父母打电话送来，他嘴里说着好，可是三天过去了，他家长还没有把书送来。我就给他家长打电话，接电话的是他母亲，我跟她说了彭玉虎的情况后，她说孩子根本就没有给她打电话，更没有说书忘家了让送学校这事儿，她说她在家找找，下午就把书送来。我又告诉她彭玉虎在学校不好好学习，还经常在班上捣乱，说想请她来陪读。她犹豫了一下，然后答应了。

　　下午她打车来到学校，跟我说了他家里的情况，说孩子根本不听他爸的，在家她也经常教育彭玉虎，可他不怎么听进去，她也没办法，想跟我沟通，又怕我忙。我说只要是与家长沟通、与学生谈心，我都有时间。我告诉她陪读是因为不想耽误孩子的学习时间，家长坐在教室，也能让老师讲课更提劲，让学生听讲更认真。她很支持，连声说着"谢谢！"她还说她在家附近的餐馆打工，已经请过假了。我对她支持学校工作的做法表示感谢，安排她晚上住在女寝，白天可以在教室听老师讲课，也可以转着看看其他班级的学生。如果发现学校什么地方有管理漏洞，有不合适的地方，可以给学校提提建议。

我们和彭玉虎交流后，他一开始非常生气，到后来慢慢理解，终于同意让他妈妈坐他旁边听课。下午，母子俩坐在了一张课桌上。

彭玉虎妈妈是个做事很认真的人，上课听老师讲课时，甚至还拿着笔记录，坐在她身边的彭玉虎也变得安静，开始认真听课，甚至也开始拿笔记录了。第二天，彭玉虎的学习态度更加端正。彭玉虎妈妈遇到听不懂的课时就到其他年级转转，了解了解学校的情况。她甚至还专门转着看了政教处的检查情况，看了餐厅的后厨操作，看了晚上班主任的查寝。

两天陪读马上要结束了，她的孩子也受到了触动，她找到我说："校长，我写了这两天的感受，我想在班上给孩子们读读。"我听了既意外又很感动，我连说"好好！""感谢！"

晚自习课上，她声情并茂地读了她写的信，详细给大家讲了她所看到的、听到的、感受到的。最后，她抹着泪说："孩子们，我是你们的妈妈，是个打工的，我没有你们这么好的学习机会……你们学校对学生这么关心、细心，校长有这么好的育人理念，你们很幸福，不好好学习，对不起校长，对不起学校！"

高考那天，在考场外我正好遇到她送孩子考试，她对我说："校长，你也来了？感谢你！我把孩子送进考场了。"我望着她融入千百个望子成龙的送考父母组成的人流中，她的那份质朴、那份母爱、那份自信，让我感动和敬佩！

# 成立舞狮社团

▼

　　2018 年刚到学校时，班主任的管理难题集中在维持秩序、处理学生打架斗殴等方面。几乎每天都有去校卫生室包扎的学生：有的是锻炼时磕着的，有的是打球时碰着的，也有打架伤着的。参与处理了几起打架事件后，我发现事件的起因大多是一点儿小事，而参与打架的学生都是从小跟着爷爷或者父亲练过拳脚的。

　　想起上师范时我的老师曾经讲过，学校搞文艺活动筹备的时间段，往往是孩子们"犯错"最少的时候。让孩子们发挥天性，才是符合孩子成长规律和成长需求的举措，是最好的办法。

　　于是，我和学校领导班子分析后认为，加强安全教育、道德教育是一个方面。另一个方面是这些孩子正处于青春期，荷尔蒙过剩，难免会剑走偏锋，做出不恰当的举动。如果有一个项目让他们产生兴趣，又能展示自己，还能释放多余的荷尔蒙，不正是三全其美的好事吗？

　　结合我在文化局分管群众文化工作的经验，我觉得可以成立舞狮社团，让他们练习舞狮，既能传承传统文化，又能展示学校的特色。大家一致认为是个好办法。

　　舞狮社团成立以后，学校安排一名体育老师负责，专门从商桥村的舞狮队请了一位教练，教孩子们基本动作。我请教专家后，结合多年区里民舞大赛我当评委的经验，特意为舞狮社团编排了一套狮舞节目。之后，我带他们参加了全市的民舞大赛，还获得二等奖，得到奖金 5000 元。颁奖时，参与表演的孩子们都兴奋地跳起来欢呼。

学校给他们每人一张获奖时的合影作为留念，回到学校后我给他们讲："你们的父辈、爷爷辈可能舞了几十年狮子，也没有能够获得市级奖项，甚至都没有机会参加市里的比赛。你们是幸运的，因为你们是当代高中生；你们是令同学们敬佩的，因为你们付出了汗水。但你们不能骄傲，以后要更加谦虚，你们是市里的先进了，要做好表率，更不能违反校纪，遇到打架斗殴的，能制止就制止，不能制止的报告老师，绝对不能参与。"孩子们异口同声地大声说："请校长放心！"

从此，校园内再没有发生打架现象。2023 年 11 月，舞狮社团被评为首批河南省普通高中优秀学生社团，是全市唯一获得此项殊荣的社团。

# 充卡室外的风景

▼

　　2019 年，我们学校与市中行合作，由他们援建智慧餐厅，学生实现了"靠脸吃饭"（刷脸支付）。可是，由于这里农村孩子比较多，有一部分学生的家长不习惯用银行卡，或者其他原因，学生还是要充饭卡。每到大休返校那天，充卡室前面就会排起很长的队伍。站那儿排队的学生也是说笑着、嬉闹着。充卡室前边就是餐厅，本来空间就不大，充卡的学生人又多又吵闹，这里就显得有点拥挤、有点乱。

　　怎么才能让学生充卡排队时安静有秩序？得吸引他们的注意力，让他们有事做。经过一段观察，我发现充卡室两边的墙上各有一块地方，可以布置一块小版面，吸引学生。

　　于是，我就和教导主任商量，在这两面墙上布置上必考数学公式，让学生排队等候时不再寂寞，有事可做。另外，在学生充卡的特殊时间、特殊环境，他们"看上一眼"平时感觉难记的数学公式，一定会加深记忆，起到意想不到的效果。

　　数学公式版面很快布置好了，从此以后，这里真的成了一道别样的"风景"，不但学生充卡排队时可以背记公式，连三餐时也有学生专门从那里经过，顺便看一下，记一下公式，真如那句俗语："走的功夫都学会了！"

# 劳动基地

▼

在立德树人大背景下，根据"五育并举"的教育方针要求，这几年，各地越来越重视劳动教育。高中劳动课如果设计不好，家长会认为是耽误学习，是不会认可的。作为农村学校，我们校园内空地很多，有的是地方，可以作为实践基地。从 2020 年开始，我们创新开展劳动课，培养学生的动手能力，主要目的是让学生在动手中释放压力、获得休息。

一方面，确定每周三下午为爱国卫生活动日，让学生彻底打扫卫生死角；另一方面，定期开展主题劳动比赛，比如每学期的洗衣服比赛，举办得就很成功。因为同学们长期住校，我们通过比赛引导同学们自己的衣服鞋袜自己洗，每班评出洗衣能手报名参加学校的比赛。学校请班主任、寝室管理员和后勤人员组成评委，参赛同学提供自己的一双鞋袜、一套校服备洗，学校提供等量的洗衣粉、洗洁精、肥皂和两个盆子，看谁洗得快、干净又节约，最后评出一二三等奖，颁发洗洁用品。

最有特色的是我们的劳动基地。在学校的边角空地，或者林下土地，学校让各班认领劳动实践与兴趣培养基地。认领后自己决定种植的种类，可以是花、草、蔬菜等，不允许种植高秆作物。后勤人员帮助指导，以保证规划上保持整体的美观和协调性，实践上从整理土地、筛选种子、种植、施肥、浇水、灭虫、收获、交易，全部由学生操作，他们也记录下实践全过程的劳动、汗水、协作、喜悦及收获。每个班的实践基地都有一个班牌，全校统一设计制作，上面有班主任、班长、劳动课代表及其他班委的名字以及本班的口号，下面是一个二维码。家长或者任何人想了解这个班，扫一下二维码，班级学生的构成，每个学生的劳动表现、特长，全班的量化分析，受表彰情况以及平时的班级活动，实践基地的所有劳动图片都有，有文字、有图片、有视频，后台是强大的数据库。这既培养了学生的兴趣和动手能力，又进行了劳动教育，可以说锻炼与放松、劳动与学习、兴趣与活动、知识巩固与技能培训、习惯养成与团队协作，传统与现代、个体与集体、科技与质朴结合得非常紧密。

每个基地都是班级的名片，都经过精心设计，班主任做了大量的基础性工作，平时哪个学生心里烦了，不想学习了，都可以到劳动基地干会儿活儿，出出汗，放松放松。种出的蔬菜还可以卖给餐厅，一定高于当天市场价，收入作为班费补充，还可以让餐厅师傅用自己班种出的菜做饭，享受自己的劳动成果。

劳动基地设立后，同学们都很感兴趣，空闲时间都争着干活儿，并乐此不疲。我们学校的做法得到了市教育局的充分肯定，还被评为"多样化办学特色学校"。

# 爱卫网红打卡点

▼

郸城高中自 2020 年年初开始创建全国爱国卫生运动示范学校。在市、区两级爱卫办的指导下，先后建有爱国卫生运动文化长廊、爱国卫生运动教育基地、爱国卫生运动大讲堂、健康馆和全国首家校园内"病媒科普馆"等。

学校结合地处农村、农村学生多的特点，经常利用周末和节假日，对广大学生及家长、周边群众、校内外教师及党员干部开展爱国卫生和健康教育讲座等。进行疾病防治、绿色环保、卫生健康知识培训，组织学生、家长及周边群众参观病媒科普馆，年累计受教育约万人次。学校还把爱国卫生运动融入教学，融入学生思想，融入家庭生活，融入社会实践。

通过学校的带动和师生的行动，发挥学校和学生的示范引领作用，为建设卫生城市、美丽乡村，促进城乡融合发展、推动乡村振兴作出积极贡献。

通过创建，学校先后获得全国青少年读书育人特色学校，省级卫生先进单位、省"基层工会规范化建设示范点"、省爱国卫生运动特别贡献奖、市文明学校、无烟校园、全市首家健康学校等，2022 年被郸城区政府通报表彰，2023 年 1 月，学校被评为全国爱国卫生教育基地及网红打卡点（全国仅 70 个）。

# 打造乡村植物记忆园

▼

　　校园内种植有 50 多种植物，如：柿子树、梨树、核桃树、合欢、石榴树、柳树、枣树以及玫瑰、海棠、香樟等，这些自然资源如果好好利用，可以发挥很大的作用，除了绿化美化校园，还可以作为对学生进行生物知识学习巩固、植物记忆传承的生态教育基地。

　　于是，经过我的提议，学校领导班子开会研究确定后，从 2022 年年底开始，学校明确专人负责，由生物组牵头，全力打造乡村植物记忆园。

　　首先是在全校教师大会上号召全体教职员工，节假日回老家（大部分在周边农村）时，可以顺手移栽一些目前学校没有的植物，填补学校在这方面的空白；接着是安排生物学科老师，制作校园内植物电子标牌，把任务分解到每位生物老师，每人完成五种植物电子档案。

　　比如：榆树，又名春榆、白榆等，素有"榆木疙瘩"之称，为榆科落叶乔木，幼树树皮平滑，灰褐色或浅灰色，大树之皮暗灰色，不规则深纵裂，粗糙，叶椭圆状卵形等，叶面平滑无毛，叶背幼时有短柔毛，花果期 3~6 月。分布于我国东北、华北、西北及西南各省区。喜光，耐旱，耐寒，耐瘠薄，不择土壤，适应性很强。根系发达，抗风力、保土力强。萌芽力强耐修剪，生长快，寿命长。榆钱可食用，蒸熟后用蒜汁浇拌是很好的美食。在饥荒年代，榆树皮也可以用来充饥。榆树的木材可以盖房用，大的可做房梁，小的可做椽子，粗一点的树枝做檩条。

为校园内每类植物设计一个身份证（标牌），标牌上简单介绍植物属于哪一科哪一种哪一属，有哪些特性，然后是一个二维码，扫码后可以看到上面的详细资料，还可以配一些图片，甚至可以介绍一下本类植物的枝、叶、果曾经可以让过去的儿童做哪些游戏。比如：楝树的楝子可以玩"吹楝子"，桃树的桃核可以玩"砸桃核"等，以此记住乡愁，培养家乡感情。

# 无害化处理基地

▽

过去，学生倒掉的剩汤剩饭都是被附近的村民拉走喂猪、喂鸡或者喂牛羊。2019 年年底，郾城区食品安全局专业人员到学校给教职工举办食品安全知识讲座。学习了食品安全知识以后，学校认识到这些剩汤剩饭如果喂猪、喂鸡，容易产生动物病毒的二次叠加，因此，科学的办法就是进行无害化处理。于是，学校领导专门到周边学习无害化处理技术，并结合所学的生物知识加以创新，在学校南边围墙下开辟出长 50 米、宽 2 米的生物处理基地，把校园内的树叶进行腐化，加入腐化剂后，按专家指导均匀撒在生物处理基地。

学校又购买了 10 余万蚯蚓苗，细心投放到生物处理基地，每天让餐厅工人把剩汤剩饭倒进处理基地，喂食蚯蚓，蚯蚓消化处理后，变成肥料，用于养花，蚯蚓长大后作为中药材出售。整个过程让生物兴趣小组的学生参与劳动，每天观察并记录数据。

国家提出"光盘行动"以后，学校专门开大会、开班会给学生讲节约的重要性，并在全校举行了"光盘行动我先行"签名活动，效果很好，学生倒掉的剩汤剩饭大大减少，因此，学校的厨余废弃物正好不出院即能进行无害化处理。这一做法被《中国食品安全网》《人民网》首家报道，引起《教育家》杂志高度关注并转载推广。

# 英语大道

▼

　　英语大道于 2019 年 5 月建成。因我校的学生都是几所重点高中录取后选拔来的，大部分存在数学或者英语偏科现象。为弥补英语差这一短板，2019 年 3 月 25 日至 28 日，我带领外语组部分教师远赴湖北某高中学习交流，回校后召开座谈会，大家一致同意通过一种"环境育人"的方式督促学生学习英语，便由时任英语教研组组长的杨凤娟牵头，英语组全体老师参与筛选英语单词，难中易分组布置在教学楼通往餐厅的主干道两侧，让学生每天三餐来往时便于记忆，正应了俗语"走的功夫都学会了"。

　　2020 年 5 月，学校又把英语教学提升为"校长工程"，我要求分八个步骤完成。除了正常英语课以外，学校要求每个学生每天额外记 5 个英语单词，每天晚上 6：20 各班英语课代表在班上检查督促；每周英语教师组织年级英语单词竞赛，成绩好的发奖品，级里督促；每月全校组织英语单词竞赛，成绩好的发奖金，学校督促；每年在报告厅举行一次英语演讲比赛，聘请外教点评并与学生互动。另外，学校专门抽调一名英语教师，每天随机进班抽查学生英语学习情况。通过层层督促，为学生打通一条英语提升通道，全校英语成绩大大提升。2022 年最后一次模拟考试，高三一个班英语平均成绩竟然达到 110 分，平均提升 40 分。

# 病媒生物科普馆

▼

　　我们学校的病媒生物科普馆是集宣传性、科普性、参与性、趣味性于一体的教育场馆，是面向青少年群体及社会公众开放的病媒生物专业展馆，也是全国首个校园病媒生物科普馆。

　　健康教育要从孩子抓起，病媒生物科普馆为学生提供了更好的科学普及和健康教育展示、互动场所，了解正确的疾病防治知识，并通过"小手牵大手"，将健康知识通过孩子辐射到家庭，辐射到社会，使农村爱国卫生工作的开展更加丰富。展馆内主要以实物标本、图文展板等形式，介绍有鼠类、蚊虫、蟑螂、蝇类、蜱等常见病媒生物的种类、形态、生活史、危害性和防治方法等相关知识。全方位展现了病媒生物与人们的身体健康和日常生活的密切关系。与书本上相比，不少学生更喜欢这种沉浸式的科普学习模式。

　　病媒生物科普馆面积约 100 平方米，室内布置有 10 多个展柜，展柜全部为铜框架、防弹玻璃，里面是珍贵的病媒生物标本，墙上有新中国成立初期到现在有关爱国卫生运动的报纸、宣传画、病媒知识宣传的展板、捕鼠演示的实物等，墙上的智能黑板还可以播放视频资料。

　　除了对在校学生进行科普宣传外，经常有乡镇党员干部、周边群众、家长参观学习，也有初中学生专门参观学习。病媒生物科普馆的设立，有效地普及了爱国卫生知识和病媒防治知识，较好地改善了受教育人员的卫生习惯。

# 送戏

▼

刚调到郾城高中时，因为学生基础太差，所以每年考入本科的学生凤毛麟角。为了鼓励学生努力学习考入本科院校，我们开班子会研究，与文化部门的送戏下乡结合起来，为每位考上一本的学生送一场戏，让他的街坊邻居都知道这家的孩子多么上进，让他的亲戚朋友都替他高兴。因为在农村送戏也有"送喜"的意思，所以这个决定在家长群里一发，家长们都拍手称赞，纷纷鼓励自己的孩子要争气。

2018 年 8 月 24 日傍晚，学校专门委托副校长宋桂林及班主任前往两名学生家中，向家长和学生道喜祝贺。在开戏之前的致辞中，宋校长说："2018 年高考，河南考生人数 98 万之多，要想在这么多考生中考上一本，难度可想而知。学生的成功首先基于个人的勤奋努力。学生学习踏实肯干，课堂听课效率高，学习效果好，赢得了各科老师和同学们的一致好评，才能在高考中稳定发挥，实现梦想。"同时，他还强调，学生的成功离不开家庭的培养和熏陶。正是家庭的高标准严要求，父母对孩子教育的重视和期望，以及家长的言传身教，才更好地激发了学生的学习动力和不断强化自我期许。

锣鼓声引来四邻八村的戏迷乡亲，社会效果很好。家长也非常感谢郾城高中的关心和培养，学生中考成绩不甚理想，来到郾城高中后，班主任及任课老师尽心竭力，宽严结合，三年如一日，对学生关怀备至。

正是有了老师们春风化雨般的教育，学生心态才变得更加积极阳光，成绩大幅度提高，才有了今天的成功。宋校长鼓励学生，到大学后要锐意进取，不断圆梦，取得更大的成功，报答父母，回报社会，造福乡邻。

# 送学生到大学报到

▽

2023 年 9 月 4 日上午，我带领刚考入河南大学的 4 名学生，从漯河出发，前往百年学府河南大学报到。这是为了兑现我三年前在高一新生入学动员会上的承诺："凡是考入'双一流'高校的，我一定亲自把他送到大学"，然后，我又加了一句，"扶上马，还要再送一程。"

河南大学副校长许绍康、河南大学高等人文研究院副院长陈会亮在河南大学明伦校区南门热情迎接我们。陈会亮院长表示，自河南大学文学院与郾城高中达成战略合作以来，共创学习交流平台，在教育师资、学科培养、教师培训提升等方面的合作取得了丰硕成果。

河南大学领导对考入河南大学的 4 名郾高学子寄予厚望，希望他们在河南大学铭记"明德新民　止于至善"校训，深研笃学，成己达人，同时继续发扬郾城高中优良学风，以更加优异的成绩回报母校、奉献社会。

四位学生也深有感触，感谢母校对他们始终如一的关怀。三年前，他们没被重点高中录取，进入郾城高中这所农村高中就读时，也一度情绪失落，信心受挫，内心迷茫，缺乏动力。是学校的教育让他们重新振作，迎头赶上，才会有今天的成绩。

在河南大学校园里，当着郾城高中和河南大学领导的面，刘昂同学满含热泪地说："母校从一开始就没有放弃我们，老师们反而把我们当成好学生，学校把我们当成宝。难忘春夏秋冬三尺讲台恩师的谆谆教诲；难忘'三更灯火五更鸡'挑灯奋战的日日夜夜；更难忘学校餐厅的美食和热水澡。从一名普通高中的普通学生考入双一流高校，实现了一大跨越，我们将带着郾城高中'严苦奋争'的优良校风，严格要求自己，以苦学为乐，不负青春，继续奋斗，争取以更优异的成绩回报母校，在学业上谱写更璀璨的华章。"

"高中校长送，大学校长接"的新闻被报道后，多家媒体转发，引发极大反响，阅读破百万，点赞过万，极大地激发了郾城高中近3000名在校师生的教学热情和学习激情，学风更浓，拼劲更足！

# 给学生补车费

▼

由于学校特殊的地理位置，大休接学生的家长相对比较集中，很容易堵车。我们开会研究后，决定大休离校时与镇里的公交联系，让公交车进校园，学校给坐公交的学生补车费。

经过提前动员学生、在家长群里讲明意义，加上班主任排班执勤，这次坐公交的学生比平时多了近200人，这样既缩短了放学时间、减少了堵车，也为家长减轻了接送学生的负担，实践了绿色出行。学校拿出一部分钱补贴，大家都觉得很好，社会效果也不错，也算是变相宣传了学校。

后来，学校又逐步完善了方式和程序，报名乘坐公交的学生越来越多，补车费成了郯城高中的一个品牌。

# 面试新生

▼

2018 年 7 月 26 日，是市教育局安排的高一报到的日子，也是我来高中后的第一次招生。现在的中学生精神面貌啥样？他们是不是自愿报考郾城高中的？对郾城高中是否了解？带着这些问题，我们召开了班子会，我提议招生录取时对学生进行面试。

我说："我们要招收的学生啥样，我们得对他们有所了解，也要让他们对咱们有所了解。这就需要我们录取时对他们一一面试，让他们一开始就喜欢上我们的学校，亲其师才能信其道，这样才能奠定努力学习的基础。另外，我们还要通过'望、闻、问、探'，把那些特别聪明的、体质特异的、性格叛逆的、心理反常的学生筛选出来，提前建立档案，入班后再让老师重点关注，这样才能有的放矢。"大家听了都表示赞同。

在新生报到工作拉开序幕前，针对面试内容，我们设计好面试的问题和面试角度，选定了面试领导，安排好各个环节和人员分工，确保后勤服务到位。

报到那天，107 国道商桥下路口，可以清晰看到郾城高中指示牌，学生下车后，学校安排专车接站，路口设有新生报到引导站，学校安排老师负责接送讲解和说明。入校后车辆分类停放，路面定时洒水消暑，报到处旁边设有家长学生临时休息区、电车充电处、录取名单公示板以及校园布局示意图等。不少新生报到后，在家长陪同下游览校园，感受校园浓厚的文化氛围，对学校全面、细致的录取服务工作感到满意，对远离尘嚣、清新宁静的学习环境表示高度认同和赞许。

为方便优化新生报到流程，学校安排3个收费窗口，避免出现家长学生拥堵现象。尤其是面试，校领导班子成员对每个学生进行面试，上好开学前第一课。耐心讲解郾城高中对于学生的仪表着装、行为规范的要求，认真听取新生的高中生涯规划，强调良好习惯养成、吃苦精神培养，坚定知识改变命运，谆谆教导新生要常怀对父母、师长的感恩之心，以感恩之心回报社会、国家。

我问学生有没有嫌学校远？我说过去的著名书院都在深山里，只有静下心才能研究学问。我说远近在心里距离，不在路程，比如你们考上北大了，谁也不会觉得漯河大学离家近上着更好，心远地自偏。我鼓励他们先爱上这个学校，才能踏实在这里学习，要对自己有信心，要树立远大目标。

我们学校的新生面试，以新颖独特的开学第一课，拉近了学生与学校、领导、老师的距离，为开学后各项工作的顺利开展，作了很好的铺垫，也在社会上产生了很好的影响！

# 以人文关怀引领教育创新之路

　　在当今的教育领域，教育创新和人文关怀已经成为越来越重要的议题。然而，如何在日常教育中实现两者的有机融合，却一直是困扰许多教育工作者和学者的难题。在郾城高中，我们看到了教育创新与人文关怀完美结合的生动实践，这不仅为该校的学生提供了更好的成长环境，也为整个教育事业注入了新的活力和动力。

　　在校园环境建设方面，郾城高中展现出了创新性和实用性相结合的教育理念。他们通过开展健康教育、卫生创建、病媒科普等活动，不仅提高了师生的健康意识和自我保健能力，也为周边群众和城乡融合发展作出了积极贡献。同时，在校园环境布置和规划上，该校也独具匠心。例如，《打造乡村植物记忆园》《无害化处理基地》《病媒生物科普馆》等文章中，都充分展示了利用环境的力量丰富师生的学习生活、拓宽他们的视野、引领他们的理念。

　　在教育教学方面，郾城高中更是注重创新和实效。他们通过建立多种形式的督促和激励机制，成功地提高了学生的学科成绩。其中，"英语大道"的设立以及充卡室外的数学公式思维导图等创新性实践，充分利用了环境的力量营造良好的学习氛围，并通过多种形式的督促和激励机制帮助学生更好地掌握知识。这种实践不仅是对传统教学模式的突破，也是对提升乡村学校教学质量的有益探索。

　　在转化问题学生的过程中，郾城高中也展现出了创新性的解决方案，体现了家校合作方式的创新。在《请家长陪读》一文中，学生因违纪回家反省，虽能起到警示作用，但长时间离开学校会让学生错过课堂内容，导致他们更难以跟上学习进度。为了解决这个问题，家长陪读成为一种创新的解决方案。这种家庭和学校的紧密合作，让孩子更加专注于学习，还帮助孩子树立了自信心和良好的学习习惯，为孩子的成长和发展奠定了坚实的基础。舞狮社团的成立以及各种活动的开展，为青少年提供了一个展示自我、发挥天性的舞台，同时也为学校教育注入了新的元素和活力。青少年通过舞狮学习传统文化知识，并从中体验到传统文化的魅力和价值。这种创新性的转化方式，不仅关注学生的知识学习，更关注他们的情感需求和个人发展，帮助他们重新找到学习的动力和兴趣。

　　在劳动教育方面，郾城高中也提出了一种具有创新性的实践方式。《劳动基地》一文结合学校实际提出了可供参考的创新性解决方案。劳动基地的设立不仅培养了学生的兴趣和动手能力、团队协作精神，还让他们在实践中放松了身心，收获了成长的喜悦。这种劳动教育方式将学生的学习与生活实践相结合，让他们在劳动中感受到成就感和自豪感，同时也为他们的未来发展奠定了坚实的基础。这些做法正契合了教育部提出的"五育并举"的教育方针。

　　除此之外，《送戏》《送学生到大学报到》《给学生补车费》《面试新生》等文中提到的所有教育创新尝试，始终贯穿着一条主线——这所学校的领导和老师们具有鲜明而浓厚的人文情怀。他们不断为学生打造出一个既充满关爱又注重学习的成长环境，在物质上给予学生奖励或补助，更在精神上给予了他们鼓励和肯定。

　　总的来说，郾城高中的教育创新实践为我们提供了诸多启示。

教育不仅仅是知识的传授，更包括对学生人格的塑造和情感的关怀。只有当教育真正做到了以人为本，才能激发出学生的最大潜能。

# 白玉微瑕篇

# 父母的做派我反感

▼

　　于千雅（化名）是个很优秀的女孩，聪明、漂亮、学习好。但她过于敏感的性格，迫使她不得不辍学，在家待了半年后又转入一所中专学校。至今想起她，我仍感到十分惋惜。

　　那是开学两周后的一天，星期天下午同学们返校，正常情况是16：30前全部进班，班干部检查老师留的作业，然后班主任进班检查学生到校情况，除了家长请假的以外，其他没有到校的必须一个一个分头给家长打电话，询问没到校的原因。

　　一年级3班于千雅的座位空着，老师询问同学们见她来了没有，大部分同学说没见，也有个别同学说好像见她了，又说不清她是什么时候出去的。班主任派出几个同学分别到寝室、操场去找，可是大家回来后都说没有。班主任赶紧给她家长打电话，她爸说15：30就送到学校了。班主任不敢怠慢，一边安排班上的同学和一些老师在学校进行拉网式、无死角地寻找，一边来向我汇报情况。

　　我问他调取监控没有，他说调取了学校大门口和他们班的监控，都没有发现她。我感到事态严重了，就说："不放过任何死角，马上仔细找，找到后带她来见我。"

　　一会儿工夫，班主任说于千雅找到了，她的父母也来学校了，问我咋办。我问是在哪儿找到的，她咋说？班主任说是在楼梯下面的储物间找到的，同学拉开储物间的门时，见她蹲在废纸箱上，头上顶个装文具的空箱子，同学喊她，她就装着大家没有看见她。同学把她拉出来，她一个劲儿地哭。现在和父母在一起，仍然在哭，什么也不说。

"一定是周末在家受什么刺激了。"我自言自语地小声说了一句，告诉班主任："让她的父母带着她来我办公室吧。"

他们一家三口到我办公室时的情景，我永生难忘。父母试图拉着她，她害怕地躲着。父母两人也像陌生人一样，一直保持着距离，相互没有交流，而于千雅更是像一只受到伤害、受到惊吓的小鸟，她戴着口罩、戴着眼镜，头上戴着一顶帽子，坐在沙发上后，用手把帽檐摁下盖着眼睛，就这样瑟瑟发抖地坐着。我几次和蔼地提醒她把帽檐放开，她都一直摁着，甚至盖得更严实。

我说在我办公室是很安全的，这里只有她的父母，最爱她的人，有什么委屈可以说出来，有什么话可以对我说。她只是哭，只是摇头。我问是不是父母批评她了，她既不摇头也不点头，只是委屈地哭。

我转身问她的父母，"你们觉得她是咋了？"父母也像做错事的孩子，也没有说什么。

我猜测着问题可能出在家庭，就请她的父母先到外边，在校园里转转，我想单独与孩子谈谈。她父母也出去了，分别往两个方向，沉重地走了，他们都低着头。

她的父母出去之后，我把一盒抽纸放到她面前，说："有什么委屈你可以哭出来，哭出来也许就好受一些。"她摇摇头，我接着说："现在他们都出去了，你可以把帽子摘下来吗？屋里有点热，戴着不舒服，同时这样遮盖这么严也是对别人的不礼貌。"她仍然摇头。

"我问你什么你回答我可以吗？"我继续耐着性子说，她还是摇头。"你不回答也行，那就用点头摇头表示我说的对错吧？"她点点头。

"你的爸妈是亲生父母吗？"她点点头。

"他们在家训斥你吗？"她摇头。

"他们平时不常在家？"点头。

"你几乎见不到他们？"点头。

"他们经常在家吵架？"摇头。

"他们不经常见面？家庭不和谐？"点头。

"你希望他们和美相处？"点头。

"你用这种方式反抗他们？"轻轻点头。

我找到了症结，就征求她的意见，说："我打电话让他们过来，你们一起回家调整一段时间，你们一家三口也团圆几天好不好？"她点点头。

我打电话让她父母来我办公室，我在办公室外等他们。在门外，我先和她父母沟通了我了解的情况。我说："孩子的情况还比较严重，我建议你们先把她带回去，关心她，多给她呵护，调整几天，情况好转了再来。"

我们一起回到办公室，我环视了一下他们一家三口，说："孩子没什么大问题，你们先回去照顾她几天，不要给她压力，过几天再来上学吧。"

她爸爸先开口："我明天就得出去打工，票都买好了。"她母亲也说："我也就请了两天假。"

我听了这对不负责任的父母的话，有点生气地说："那是你们的事情，你们回家再商量吧。"

她爸爸可能听出了我的反感，想解释一下，说："毕竟我们还要还房贷、车贷。"

我站起身，做出送客的架势。我又对于千雅和蔼地说："别哭了，爸妈都很关心你，很喜欢你，有啥多与他们交流沟通。"

第二天，我接到她爸爸的电话，说于千雅已经调整好了，想来上学，说下午就把她送到学校吧。我说你让孩子跟我说。

她爸爸迟疑了一下说，孩子在忙，在收拾书包，让她到学校了给你说吧。

我听了生气地说："你难道对孩子就这么没有耐心？她自己不给我打电话你不能送来！"挂断电话，我还在为这个没有家庭责任感的男人生气。

在接下来的两周里，她父亲给我打了几次电话，说孩子已经完全好了，也看过心理医生了，要把她送到学校。可我让孩子和我说话，她一直不肯。

大休后的一个周末，那天下着小雨，我怕堵车，在学校大门口疏导车辆。两点多时，于千雅的父亲给我打电话，说已经把孩子送到我办公室门口了，他有事先回去了。我一听气不打一处来，就训斥他说："哪有你这样做父亲的，孩子就是一只行李箱你也该交到我手里，你这么不负责任，是要负法律责任的！"缓一下情绪，我又压低声音说："你等一下，我现在过去。"

我快到办公室门口时，见他也从大路那边走过来，这说明他打电话时，已经走了。我们同时到办公室门口，我问他："孩子呢？"他也环顾一下四周说："我刚才还叮嘱她在这儿等你。"

我说："你马上去教室看看她在那儿没有，没有了再去寝室看看。"说完，我在办公室焦急地等着。

半个小时后，他慌慌张张地跑到我办公室，急切地说："孩子又找不到了。"

我慌忙站起来说："我们去政教处查看监控，她走不远。"

　　我们在政教处把监控调到我办公室门口，看她往大门口方向走了，因为同学们返校，又加上下雨，校园里来来往往的人和车辆很多，有的还打着伞，所以很难查找。

　　我们又直接调大门口的监控，一点一点的回放。在查看的过程中，我说："在外挣多少钱也没有个标准，但在培养孩子上出了问题，是会后悔一辈子的。"顿了顿，我又说："没有尽到父母责任，从家庭的角度是要受到良心谴责的，从法律角度是要负法律责任的。"

　　又查找了半个小时，总算找到了踪迹，他把孩子送到我门口后，他走了，过一会儿，孩子也打着伞出了校门，沿大门外的小路直接往西了。往东是大路，往西是田间小路，这不正常。我让他赶紧开车去追。

　　又过了近一个小时，他打电话说孩子找到了，在几里外的路边蹲着哭呢。我安慰他先把孩子带回家，好好劝劝。

　　几天后，他又打电话说孩子好了，想来学校。对这样的家长我真是无语了，我说："孩子将来该走什么路，我们现在是没法预料的，我们也不要强迫给孩子选择道路。如果不行，可以考虑把她转到职专学校，毕竟那里学业没有普通高中这么重。"

　　他还想说什么，我打断他说："你不可能交几百元学费，就让我们为你看管一年孩子，我们是育人的，不是治病的，也不是看管孩子的，况且你的孩子我们是看不住的。真出了啥事，我们真的担待不起，而那也不是我们希望的。"

　　后来，于千雅转到了一所职专学校，他来办手续时说，那里管理比较松散，她没有压力，也愿意和家长说话了，脸上也有笑容了。

　　后来，每次家长会我都会讲家庭和谐对孩子的影响，再也没有类似的家长了。

# 奖品毁了她

▼

楚佳丽（化名）在她那一届算是一名普通学生，虽然没有什么特长，但也没有什么缺点。中招成绩在全年级 100 名左右，如果不出意外，三年后考一所二本院校是很正常的。可恰恰是家长的一个举动，毁掉了她的前途。

高二时我当她的班主任。那天大课间，我刚从教室出来，想到政教处坐会儿。两个同学跑过来说："校长，咱班楚佳丽出事了。"我来不及多问，就往教室跑。

教室和政教处都在教学楼的一楼，离得很近。我出政教处就看见我们班两个女生正搀着楚佳丽往这边走。她们把她搀到政教处后，让她坐在凳子上，我摆手示意她们回教室去。我走到楚佳丽跟前，问她咋回事，她不理我，脸色看起来很差。我说你先去医务室看看吧？她摇摇头。我让她先坐下休息一会儿，便走出政教处去了解情况。

我到班上喊了几个女生，询问楚佳丽是怎么回事。她们说下课后不知道是谁看到楚佳丽拿着圆规，用力扎自己的头，她疼的咬着牙流着泪，可还是不停地扎，吓得她身边的同学惊叫起来，叫声让教室里一下子安静了，都往这边看。当大家看到楚佳丽还在扎自己时，两个胆大的男生跑过去夺下她手中的圆规。有人跑着去找我，她的两个室友把她搀出了教室。

　　我问她们这一段时间有没有发现楚佳丽有啥反常，她们说从大休来之后她变得沉默寡言了，有时候会坐在位置上发呆。我听后感觉事情比较严重，猜想她在家一定受到了什么刺激，找不出原因，随时都可能发生安全事故。

　　我通知她家长后，她的父母都来到学校。我简单给他们讲了上午楚佳丽的情况，问她是不是在家受到了什么刺激，她的父母一口否认。

　　望着眼前这对质朴的农民夫妻，我说：“楚佳丽本来是个很好的孩子，学习也一直在进步。她不受刺激不会发生这样的事情。我问你们这些，是想找到问题的根源，是要帮助她。”

　　她的母亲想说什么，马上被她的父亲呵斥了。我接着说：“我从小也在农村长大，我们村就在你们邻村。”听我这么说，他们少了一些拘谨和防范。

　　“她目前也没有发生什么危险情况，因为她今天的举动异常，影响她和其他同学的安全，你们得把她带回家调整情绪。”我看着他们，他们互相对视了一下，我接着说，“我了解她受刺激的原因，不是要追究谁的责任，而是想有针对性地疏导。”

　　她母亲迟疑了一会儿，吞吞吐吐地说：“一个月前段考她考了全级前30名，还得了奖，很高兴。就给她哥打电话，让她哥给她买个礼物。她哥在外地打工，听了也很高兴，就花了4000多元钱给她买了一个手机，寄给了她。”

　　我听到这里，立即打断她问：“学校不是不让带手机吗？”

　　“我们也这样说了，她给她哥说是上网课用，她哥就买了给她寄回来。”

　　我疑惑地问：“现在手机呢？”

　　“唉！”她母亲长长地叹口气，说，“就是坏事在这个手机上了。”

原来，楚佳丽和她的一个初中同学关系一直很好，中招时那个同学没考好，被一所中专录取了。因为她们两个在一个村，我们大休时她每次都去楚佳丽家里玩。每次都是楚佳丽的妈妈催着让她去上学，怕闺女跟着学坏了，可楚佳丽却很反感妈妈嫌弃人家。她哥给她买了新手机，她也第一时间告诉她这个好朋友，并且拿着向她炫耀，她同学羡慕得不得了。上次大休时她们又在一起玩了半天，那个同学走后，楚佳丽找不到手机了，连准备带到学校的生活费也找不到了。楚佳丽打电话问她那个同学见了没有，她说没有，楚佳丽要去找她，她说已经去学校了，也推辞不见。

就这样，楚佳丽在家哭了好长时间，也不想上学。她父母好劝，她才哭着被她爸送到了学校，一路上也一直在抽泣，她爸问她啥她都不理，连下车也一句话都不说。

找到了症结，再埋怨也没有用了。我只能教育开导学生了。我把她叫到教务处，和她父母一起开导她。我说今天你拿着圆规扎自己，那多危险、多疼啊。不管手机是不是你同学拿走了，那都不是你的错，你为什么要扎自己、折磨自己呢？拿别人的错误惩罚自己，本身就是很傻的。再说了，我们学校本来就要求不能在学校带手机，你就当成是被老师收了，心里不就释然了。另外，我们常说"跟好人学好人，跟着巫婆吓假神"，就是提醒大家要多交益友，通过一件事看清一个人，也不是什么坏事，现在开始努力学习，争取考个好学校。

我说着，她一直默默坐着听着，不哭了，也不说话。我看她一时难以调整过来，就让父母把她先带回家，回去看看头上需不需要上点药，回家调整一下。等她想通了，情绪好了再来上学。

一周后她来上学了，但却变得沉默寡言，谁也不想搭理，学习成绩也一直下滑。

# 割爱有时不得不忍痛

▼

侯佳乐（化名）是个非常聪明的孩子，他刚入学时他叔就给我打电话，说这个孩子聪明，但桀骜不驯，让我这个老同学多费心。

高一时我担任他的班主任，有一次我让全班同学每人定下自己的高考目标学校，一直坚持奔着目标努力。我看全班就侯佳乐定的是清华大学，觉得这个孩子目标远大，要重点关注，多鼓励。我看了他的成绩，各科都还不错，尤其是数学全年级第一名。我不但在班上表扬了他，还让他每天自习课给同学们讲一道数学题。

开始给他说时他很不高兴，我问他为什么，他说"我烦他们"。我认为他的心态不够积极健康，就给他讲"赠人玫瑰，手留余香"的道理，讲同学友谊等。他虽勉强接受了，可还是得经常让我督促，他才愿意给同学们讲。

后来，我发现他早上经常迟到，班干部记他名字，他跟人家吵架，我批评他，他也总找理由狡辩。大休家长来学校接他时，我跟家长沟通，家长却非常不耐烦，想法为他开脱。

再后来任课老师也说他上课说话，跟老师顶嘴，甚至还把一个女老师气哭了。同学们也经常举报他爱骂人，甚至有时候还动手打同学。我把他家长叫来，让带他回家反省，家长仍然一直说自己孩子的好，都是别人不对。

虽然我感觉是家庭教育出了问题，但遇到这样的家长，一时又找不出好的方法。

等到高三时，我不当他的班主任了。有一天中午，他的班主任找到我说："把侯佳乐开除了吧，第三节下课时，老师还没说下课，他就往外冲，把班上的花盆都撞坏了，老师说他两句，他竟然骂老师，把老师都气哭了。"这样的行径在学校的影响太不好了。

我让班主任通知他家长来接他，同时把他叫到我办公室。一个原因是开除学生一般我都要见见，再和他最后一次讲讲道理，告诉他即使步入社会也要遵规守矩；另外一个原因，毕竟我当过他的班主任，想再教育教育他。

他到我办公室后，还是像"斗鸡"一样拗头横脸，我让他坐下，给他讲道理，历数他的违纪行为和不良习惯，他一直气呼呼地听不进去。我看过了吃午饭时间，就给他拿了盒奶，我也喝了一盒，又对他说："你就是回家或者去其他学校，这种性格也是要吃亏的。一会儿你爸爸来接你，你要听话……"

我话还没说完，他就咬牙切齿地说："来了我打他个赖——"

后半句那个字他没有说出来，但我知道这是骂人"赖种"，我突然知道他为什么这样了。他连自己的父亲都骂，这是家庭教育严重失败造成的。

我陷入了沉思，这样让他步入社会，我们作为育人者尽到责任了吗？我放心吗？我心安吗？

正好班主任打电话，说他父母已经在大门口等一会儿了，可以让他走了。我想去再见见他的父母，告诉他们孩子现在的情况。

当我走到大门口时，我被眼前的一幕惊到了，甚至让我差点落泪。

只见大门外停着一辆面包车，驾驶室的窗玻璃摇了下来，上面伸着一双脚，车门下面的地上放着一双沾满泥土的男式布鞋。我轻轻走过去，听到驾驶室里传出有节奏但很重的呼噜声。如果不是刚从工地赶来，哪会穿着沾满泥土的鞋？如果不是过于劳累，怎么可能躺在驾驶室里一会儿就能睡着？我想也许他们怕这样进校园丢孩子的面子，才在门外等着。

"王校长，对不起。"我听到身后一个女人的声音，愣在车旁沉思的我转身一看，只见侯佳乐的妈妈一手端着一大碗泡面，另一只手提着一袋方便面，并扶着冒着热气的泡面碗，正从对面的小卖部走过来。我又一次被震惊了，大碗面一定是给孩子的父亲吃，而她为了省钱，只买了一袋方便面。

她把泡面碗放到地上，大声对着车上睡着的男人训斥道："还不快起来！王校长来了。"

孩子父亲一下被惊醒了，赶忙开车门下车，对我说着对不起，我睡着了。

这样的父母，这样的辛苦，我还怎么忍心把他们的孩子开除？我想，还是我再辛苦点，帮助他们多教育教育这个聪明却很顽劣的孩子吧。

我和他们沟通了一下孩子的情况以及今天违纪的严重性。我说："看到你们这么辛苦，宁肯自己俭省节约也要满足孩子，为了孩子真是操碎了心，可是孩子却体会不到，说明你们在教育孩子方面也有缺失，以后也得反省。"家长一连串地说着"是，是，是"，我停顿一会儿说，"我真不忍心开除他，怕他回去后你们的教育不如在学校，我再给他一次机会吧。"

我没有理会他们的感激话语，转身往办公室走，我怕我后悔，也怕因为我留下这个学生，他再给学校添乱。

回到办公室，我给侯佳乐讲了他父母的情况，讲了父母挣钱之不易，让他体谅父母，不要再违纪给父母添乱。我说："我给你换个班吧，在新的环境，要表现出全新的状态。"

因为想着一定会被开除，所以，听了我的话，他既吃惊又感激地望着我，重重地点点头。

我把教务主任（也在高三年级任班主任）叫过来，讲了侯佳乐的情况，其实教务主任是知道他的。我说为了让侯佳乐彻底改变，我想让他跟着你学习。教务主任笑笑没法推辞。我又让侯佳乐给新的班主任表了态。

接下来第一个月还算可以，可是一个月后，他的毛病又犯了，仍然不断与同学发生矛盾，仍然骂人、迟到，甚至把现在的老师也气哭了。新班主任也劝我，"让他换个学校吧，我们的教育不是万能的，你对他已经尽心尽力了。"

这一次他父母来领他时，他把书籍、被褥等都已收拾好了，甚至是期待着被开除，又或是知道这次不会再给他机会了，静静地等着他父母。他的父母也没有再说什么，接上他离开了学校。

又过了一个月，一天我突然接到他叔的电话，他带着愧疚的语气说："谢谢你老同学，佳乐被开除后去了一所私立学校，不过高考成绩还不错，他被本科院校录取了。"

他又感激地说："当初开除他时，我们都怨恨你无情，现在想想，也许你是对的，如果不让他受到打击，说不定他就废了。看来你也是用心良苦啊！"

但愿如他所说，侯佳乐在受到开除的打击后，能幡然醒悟，一飞冲天！可我对他母亲的教育方式感到悲哀，我可怜她，可怜她的孩子，好好的一个苗子……

# 转学转到了家里

▼

2021 级杨洋（化名），是一个非常阳光自信的女孩。她从入学就表现得热情大方，并且在班干部选举中还被大家推选为生活委员，在班级工作中也很主动。

她学习虽然说不上太好，但一直都很努力，成绩也在不断进步。她还是一个品德优秀的学生，不论在哪儿，见到老师和学校领导都会很礼貌地鞠躬问好，我在不同场合也多次以她为正面典型，倡导大家学习她热情大方、活泼开朗的性格，做一个阳光少年。

可是，两个月前，她的家长突然来找我，说杨洋不想上学了，让我劝劝她，并说杨洋很崇拜我，经常在家夸我，我的话她肯定听。我当时就很吃惊，随口问："杨洋不想上学了？怎么可能！"

我立即把她的班主任叫到办公室，详细了解情况。原来，几个月前，她的父母把她转到了一所重点高中，希望她能学得更好。在那儿一个月后，杨洋不适应，感觉压力大，回家经常哭着让父母把她再转回来。一是因为来回转不是一句话那么轻松的事情，来回求人也不方便；二是感觉重点高中是许多学生向往的地方，家长认为也许再坚持一段时间就好了，所以就以各种理由推脱，只是劝她要吃得了学习的苦，忍一忍就行了。直到杨洋厌学到经常"有病"，连续几天不去学校，在家不看书、不做作业，也不想与父母说话，父母看这样下去不行，只好又把她转了回来。可是，回来之后她的状态一直好不起来，这两天更严重了，非闹着不上学了，提出要休学，谁劝也不行。实在没有办法了，家长才想起让我做她的思想工作。

我叹口气说："又是一对拔苗助长的父母。"

班主任把杨洋带到我办公室的时候，我站起身示意他们坐下，笑着说："杨洋，我说好长时间没见你了，原来是去重点高中了。"我看她沮丧地低着头，就用劝导的语气说："见识了他们的学习态度，学了人家好的学习方法，这不是啥坏事呀。"看她眼泪止不住地流了下来，我又关心地问："是不是他们讲得太难？感觉跟着有点儿吃力？"我说着，她把头埋得更低了。

"我不上了。"她很平静地说。"咋了？你不是回来了吗？这里很欢迎你呀。"我站起身，走到她身边说。

"我不上学了，我想打工去。"她委屈得又哭了起来。我把抽纸递给她，回到我的座位，平静地说："我想听听你当初为啥要转走？现在为啥又转回来了？"她抽泣着说："我开始就不想转走，俺爸妈非得给我转去，我去那儿以后，他们讲得快，我啥也听不懂，和同学也玩不到一块儿，那一段时间我几乎都没学。现在回来以后我也跟不上了，让我留级吧？休学也行，要不我就不上了。"

听了一会儿她的抱怨，我感到很遗憾，又是父母好心办了坏事。我开导她不要着急，慢慢学、慢慢补，暑假了把耽误的课补回来。她一个劲儿地哭，不停地摇头拒绝。我只好把她的父母叫过来，看着眼前不知所措的父母，我也没法再埋怨什么，只能让他们接受现实，让杨洋先回家调整一段，适当地看书。过一段情绪稳定了再来上学，落下的课让老师有计划地给她补。

虽然现在杨洋已经回到了学校，开始上课，耽误的课各科老师也在有序地给她补，但她的性格却变得内向了，我再也见不到过去那个热情大方、活泼可爱、阳光开朗的杨洋了。

其实，学生也像正在成长的树木一样，不管它所处的环境是肥沃还是贫瘠，只要它在茁壮成长，就不要轻易地把它移走，谁也不知道它能否适应新的环境。

# 丢人丢到北大

▼

　　2023 年 6 月 30 日下午，北京大学历史系团委书记刘东奇、历史系硕士研究生汪亭好到学校举办讲座，冒着 36℃多的高温，他们幽默风趣地讲了两个多小时。刘书记从历史的角度介绍了北大医学部的发展沿革，介绍了北大培养的著名科学家、院士等，还重点介绍了校园建设、学校图书馆、附属医院以及临床医学、基础医学药学等学科特点和学科设置，并对学生选专业、报考都进行了具体指导，激发了大家考北大的信心和勇气。他还鼓励同学们即便考不上北大，上大学后考研也可以去北大。

　　汪亭好以《一个关于勇敢的故事》为题，从三个方面讲了自己高中、大学的学习情况。讲了"90 分的卷子比 100 分的卷子意义大"；讲了自己错题都是做 5 遍，必须做出三种解法，三次都错的话就升级；讲了基础题（知识点）的重要性；讲了提高效率要多思考（过脑子）；讲了数学、英语的学法；讲了心态的重要性，要控制自己，超越自己；讲了要细心等等。

　　整个过程，他们谈笑风生，从容自信。我在最后的总结中说："就像你们的亭好学姐说的，高考是需要运气的，要自信、自我认知，她就读的高中 10 年没有考上北大的了，但她坚信自己能考上北大，她的同学坚信自己能考上中央财经大学，他们都考上了，因为他们都很有信心，我们学校 50 多年没有考上北大的了（同学们大笑），但只要我们坚信自己行，我相信今天两位北大的大咖是我们的贵人，一定会给我们带来幸运，我们要有考北大的信心，相信付出了足够的努力，就能实现目标。"

我还笑谈他们开讲前，因为临时让我主持，我只是匆忙地看了一眼手写的两位主讲人的名字，把汪亭好的名字读错了一个字，等我坐到听众席看到席卡后，知道我读"白字"了。我说我开始由于不细心，读错了一个字，丢人丢到了北大。所以，希望大家做什么事都要认真、细心，否则也容易出错，有些错误一旦犯了，就不可挽回。

# 她用谎话改变了孩子命运

▼

韩依琳（化名）是一个聪明的孩子，她基础不错，学习也很努力，几次月考在全年级都是前百名，按说考个本科是没有问题的。但她妈妈总是希望她更好，因此，每次放假来接她时，都是问这问那，问她女儿哪点不好？让她去校外上补习班吧？让她学艺术吧？

我总是开导她学生学习也是有规律的，家长不要过于焦虑，不要期望值过高，尤其不能拔苗助长。

她貌似认同了，但高一下学期时，她经常以各种借口给女儿请假，带出学校给她补课，高二时她又让女儿学画画。本来学校有美术老师，每年通过美术考入本科的学生也百人以上，而她非要带孩子去外边培训机构，花大价钱学画画。

到了高三，更是连续几个月在外边培训机构不回来，连统考也不参加，班主任打电话，父母总是找各种理由搪塞，编瞎话糊弄老师。我看这样下去会毁了孩子的前途，就打电话给孩子的大伯（我的同学），我很惋惜地说："孩子这样一直在校外不行，学校掌握不了她的实际情况，即便艺术过线，文化课也难以过线。家长一直这样，不光是多花冤枉钱，对孩子也没一点儿好处。"让她大伯劝劝孩子的父母，根据往年的经验教训，这样毁了孩子的例子很多。

第二天，孩子的大伯给我打电话反馈，他既愧疚又感激地说："你作为一校之长，还这么关注俺家的孩子，我很感谢。我也知道你是好意，但他们一家都不听劝我也没办法。别说是侄女，就是俺自己的孩子不听，我也不能强让她回来呀。你尽心了，就让她听天由命吧。"

就这样，她不但艺术课在培训机构里补，连艺术考试结束后也不回学校，文化课继续在校外补。好像是故意跟学校打别儿（闹别扭）似的，看看俺花的钱值不值？一直到高考结束，她也没有返校。

6月25号，高考分数揭晓，她毫无悬念地落榜，只能带着遗憾报考了一所大专院校。

后来，她爸爸让班主任给我捎话，说他后悔没有听我的劝，他没脸见我当面道歉。

# 人以群分

▼

2018 年的一天晚上，朋友介绍转来一名学生，提出非要进某老师班不可，我向刘校长了解该老师的情况得知，学生提到的这位老师刚当班主任，管理较松。学生主动要求去，一定有原因。我问学生去该老师班的理由，他说他同学在那个班，问清他同学名字后，我又向该老师了解那个学生的情况，老师说他天天违纪，家长管不了，学校也没办法。

我想人家家长愿意把孩子转来，肯定是想让咱把孩子培养好，而学生想到一个管理较松的班，再与他的"玩伴"在一起，不是什么好事。于是，我就跟刚转来的这位学生家长沟通，建议不要让两个孩子在一个班，对他的学习不利，但孩子却很执拗，不让去那个班就不在这儿上，家长也很为难。

我和刘校长商量了一下，觉得家长在教育孩子方面没有方法，心里没数，一定是管不了她的孩子，没办法才托熟人转来。我们交换意见后认为，既然是熟人安排转来的，就按孩子的要求吧，我们该做的，只能是多严加管教了。

家长走后，我对刘校长说："这位家长只是一味地迁就孩子，这样的教育方法不对，但我们第一次见面，也不便说得太多。不过人们常说'物以类聚，人以群分'，这个孩子在这里肯定上不了多久。"

后来，正如我们所料，他的那个同学因为连续违纪，屡教不改，被学校劝退了。而这个学生也是大错不犯、小错不断，经常被请家长，家长几乎天天来，他也天天犯错，只过了一个多月，他就自己要求退学又转走了。

## 按语

# 世事相违每如此

正如陈师道在诗中所感慨："世事相违每如此，好怀百岁几回开。"在漫长的教育生涯中，即使怀有拳拳赤子之心，也难免会留下一些略感遗憾和值得反思的故事，这些故事汇成一个主题——白璧微瑕。作为一名基层教育管理工作者，作者敞开心扉，直面自己教育人生中难以释怀的缺憾，这既是一名教育者的纯粹与真诚，更可为广大教育工作者提供一种别样视角，审视教育路途的曲折和艰难，以便教育同仁们能有所借鉴。

《父母的做派我反感》一文，为我们讲述了一个聪明、漂亮、学习好的女孩于千雅（化名）的遭遇。她因为家庭问题导致的心理压力而被迫辍学，后来虽然转入中专学校，但这段经历给她带来了很大的影响，也给作者带来长久的震荡，余波未平。于千雅的辍学让人感到十分遗憾，于千雅在楼梯下的储物间里躲避同学和老师，让人感到心疼。作为教育工作者，我们应该更加关注学生的心理健康，尤其是在这个竞争激烈的社会，学生们面临着来自家庭、学校、社会等多方面的压力。我们需要教会他们如何应对压力，如何正确地表达情感和需求。家长如果不能给予孩子足够的关注和支持，又不能及时发现孩子的心理问题并采取有效的措施，这反映了家庭教育的缺失和对孩子心理健康的忽视。

《奖品毁了她》一文，通过楚佳丽（化名）的例子，提醒和告诚家长们在培养孩子的过程中，该如何慎重选择恰当的教育方式。楚佳丽的行为已经反映出一定的心理问题，包括情绪低落、自我伤害等。然而，她的家长并没有及时发现并解决这些问题，甚至有意无意地隐瞒，导致她的情绪问题不断加重，最终影响了她的学习和前途。我们需要从楚佳丽的案例中吸取教训，关注孩子的心理健康和家庭教育问题。家长需要注重与孩子的沟通，了解孩子的需求和感受，给予孩子正确的关爱和支持。同时，教育工作者也需要加强对学生心理健康的关注和引导，及时发现和解决学生的心理问题。

《割爱有时不得不忍痛》这篇文章，以侯佳乐（化名）这个聪明但桀骜不驯的孩子为主角，深入探讨了叛逆孩子的教育问题，特别是对于一些处于困境中的学生的教育问题。通过侯佳乐的故事，我们可以看到当前教育中的一些复杂性和挑战性，包括如何有效地教育和引导这些具有独特个性的学生。教育者需要关注学生的个性化需求和情感需求，引导他们建立正确的价值观和养成良好的行为习惯。同时，家长也需要更加关注孩子的成长和发展，与孩子进行有效沟通，帮助他们养成良好行为习惯。只有这样，我们才能真正地帮助学生成长和发展。

《转学转到了家里》这个故事向我们展示了转学的复杂性以及新环境对学生造成的心理压力。虽然家长可能出于好意，但他们在决定转学时没有充分考虑到孩子的感受和需求，导致了杨洋（化名）在学习上的困境和性格的变化。因此，家长在做出类似决定时需要更加谨慎，需要慎重考虑孩子的个性、学习风格和社交需求。

《丢人丢到北大》一文，介绍了北大两位学者到郾城高中讲学，作者在开场时由于临场接受主持任务，一时仓促读错了汪亭好的名字，虽然是一个小错误，但却提醒了大家在做事时需要认真和细心。作为一校之长，面对学生敢于承认错误，这本身就是教育。他在用自己的一言一行教育学生，要认真对待每一件事情，细心做好每一个细节，避免犯不可挽回的错误。

《她用谎话改变了孩子命运》和《人以群分》两篇文章，是对家长和教育工作者在学生学习过程中的不正确介入进行的深入反思。韩依琳（化名）家长拔苗助长的方式，实际上是违背了教育的初衷，过度焦虑和期望值过高可能会对学生的身心健康产生负面影响。文章通过案例揭示了家长在教育中的角色定位问题。家长应该尊重孩子的成长规律，不要过于焦虑和急功近利，要关注孩子的身心健康和全面发展，而不是仅仅追求考试成绩。

教育的缺憾不能只停留在故事中，后事之师，不忘前车之鉴。只有通过深入反思并采取正确的行动，我们才能够为孩子创造一个更加健康、积极、向上的学习和生活环境，帮助他们成为有品质、有能力的人。同时，我们也需要不断推动教育的改革和创新，以更好地适应时代的发展和社会的需求。

# 侧记

## 耕耘于农村教育沃土的探索者

▼

　　从 2018 年上任之初到 2023 年高考，他所在的高中本科上线人数十倍增长，本科上线率超过 40%；他兑现三年前的承诺，亲自开车送优秀毕业生到高校报到；他让这所在痛苦中嬗变的农村高中重新振作，取得日新月异的发展，再次赢得社会各界的称赞；学校的显著办学成果，吸引省内外同类学校不断前来"寻经探宝"；他突出的教育事迹和先进经验，先后被中国食品安全网、人民网、新华网、大河网等媒体报道转载；2020 年，光明日报《教育家》杂志举办第三届"寻找中国好校长"大型公益活动，他经过调研初选、投票、复选复审等层层选拔，获得"中国好校长"荣誉称号，并接受杂志社的专访。

　　教育家陶行知曾说："校长是一个学校的灵魂。"校长是学校教育发展创新的关键，一流的学校，不仅要有一流的教师，还要有一流的教育管理者，一流的校长。

　　他是一名作家，可以通过小诗让学生内心触动，奋发向上；他是文化传播者，秉承"文化立校　文化育人"教育理念，打造书香文化校园，为学校发展注入内生动力；他是学校教育管理的规范者，从狠抓"四风"到优化制度常规，凝聚人心，内塑信心，外树形象，把学校拉回到快速发展的正确轨道上；他是学校的一名联络员，积极搭建各类平台，健全内外交流机制，把学校水平提升到一个新的境界和层次；他是学校的校长，更是家长和学生的知心朋友，他的办公室常开，家长和学生经常找他咨询、处理各种困难和问题……在学校教育的各个方面，他积极努力担起每个任务和角色，以永不枯竭的动力践行着他作为一名基层教育工作者的初心。

## 临危受命破困局

在他接受上级任命之前，两任校长，或病假常年居家，或拖病躯难以支撑，群龙无首，一盘散沙；校园设施残旧；年久失修，存在一定安全隐患的教学楼不得不继续使用；学校远离市区，教师需照顾家庭，早读无法入校辅导；教室空荡，存留学生课堂上或睡或玩手机，体育课、自习课如放羊，变成游戏场；餐厅污水横流，消毒柜因怕用电经常不开。一切都不忍直视，郾城高中，这座走出无数栋梁之材、培育出众多名师、曾被社会各界交口称赞的教育界丰碑，竟成为家长和优质生源嗤之以鼻、避之不及的"三无（无管理、无教风、无学风）"学校，竟在"苦撑待变"中滑入撤校边缘。

人们常说，教育不是功便是罪。他从行政部门调任于此，不曾想到临危受命接手的这副烂摊子竟至如斯境地。心疼学生青春空耗，心忧教师无育人之志，心急环境必亟待改变。

# 温暖人心鼓干劲

顶着巨大压力，不言败、不认输的个性让他立即行动起来。他及时主持召开全体教师大会，告诉全校同仁，自己来到这里重返教坛，是来推车的也是来吃苦的，他请求全体教师：咱们都是从农村走出来的，教着同样来自农村的学生，帮帮这些孩子，改变他们的命运，也实现我们的价值。

为了让教师们有更多的归属感、幸福感、成就感、自豪感、仪式感，他积极协调解决教师子女入学问题，联系专车安排接送；召开新入职教师会，尽快消除他们对新环境的迷茫和陌生；创办职工之家，举办趣味运动会，定期安排体检；提高教师餐饮质量，定制教职工校装，精心推送名师……

教师的心暖了，心齐了，劲来了，曾经的教学热情被重新激发。从原来的新入编教师考上指标不愿来，到如今30名新教师（含多名研究生）齐聚一堂，意气风发。

为了重振学生斗志，从开学到假期，他以身作则，常年吃住在校，每天清晨起床铃声刚响，他早早守在宿舍楼前喊学生起床，他的干劲也无形中带动了寝室管理员，有的自费买小喇叭，督促学生早起早学，学生自此再也不好意思迟到了。他告诉教师，教学管理要向精准化、人性化转变，找准学生优点，找到合适办法，做到优质教育。为了让在外地打工的家长放心，他安排优秀教师假期免费给留守学生指导作业。每届新生开学，他都带领班子成员逐一面试，重视每一位入校新生，为他们增信心，鼓干劲，指引、规划好学生未来奋斗方向。

# 狠抓管理促提升

为了打破自由散漫，一盘散沙的局面，他狠抓教风、学风管理，每周召开领导班子和班主任会，布置任务、解决问题；召开教研组长会议，完善备课制度；推行学案制、听课制；召开新入职教师会，做好教师培训和方向引导；分别找问题学生谈心，进行心理辅导；召开优等生、毕业生励志会议，及时奖励，鼓舞斗志；召开学情分析会，查摆问题，借鉴经验；召开家长会、家委会，做好家校结合，三位一体促进学生健康成长。

学科上，作为三类学校，召开弱势学科"把脉问诊"会议，设立英语大道、推行校长工程，安排教师专职负责督查英语单词日清情况，每月举办英语大小竞赛，不断奖励和激励弱势学科提升；亲自带队，去名校学习经验。内引外联找名师，研究教法学法，分层次教学，针对不同的学生制定不同的目标、教学方法措施、进度、难度，差生抓基础，中等水平抓提升，尖子生抓拔高。因材施教，培养艺术生抓特长，做好特色教育。

为完善学生管理制度，定期召开班长会议，强化学校措施实施力度，召开寝室长会议，选出楼长、层长，配合班主任、寝室管理员巡寝、查寝，对优秀寝室每月进行奖励，培养学生良好生活习惯养成。

他带领领导班子，为学校制定未来十年发展规划，为学校发展明确方向。他亲自作词，邀请名家作曲，创作校歌《追梦》。确立"勤朴　谦慎　感恩　奉献"新时代校训。学生统一着装，规范军训、春季研学、学校运动会等重要活动，德智体美劳五育并举，从细节到整体，从学生到老师，严抓管理，重建精神。

# 强力建设塑形象

为给全校师生提供更舒适的教学和学习环境，优化学校布局，他积极奔走，申请项目资金，外部协调援助资金，加强学校基础设施建设；通过堵塞漏洞、开源节流、自己动手、节约资金，减轻学校负担。五年下来，新的五层教学楼投入使用；购买近邻老旧厂房，改建成党史校史馆、报告厅、图书馆；为促进学生全面发展，推动特色教育，先后建立音乐馆、美术馆、病媒科普馆；新建智能化餐厅；建立厨余废弃物生态化处理基地，既环保又节省资金；寝教室全部安装空调，并对学生寝室进行升级改造；新的塑胶跑道和篮球场投入使用；拆除校中心老旧厕所，改建成凉亭小景观；校北门改建停车场；建设"为中华之崛起而读书"影壁墙，把学校打造成了文明校园、书香校园、卫生校园、生态校园。

# 对外交流助腾飞

近 6 年来，他积极联系省内外教育专家、著名作家、文化名家、艺术大家、老校长、老校友等，为全校师生做励志演讲、开专题讲座，让大家汲取了知识，开阔了视野。

郾城高中与漯河高中结成战略合作校，漯河高中校长多次前来做励志演讲，清北班名师定期前来授课，让农村高中的学生也能享受到全市最好的师资;与省内外多所知名高中结成友好学校,他亲自带队,带领骨干教师分批前往学习交流,并把交流学习经验及时推广应用。

先后与双一流高校河南大学、省内一本院校信阳师范学院签订战略合作协议,邀请高校教师来校讲课,郾城高中师生前往培训游学。

为更好拓宽人才培养出路,他积极联系河南省管弦乐协会,在郾城高中,设立全省唯一的中阮教育培训基地,开设美育课程。

学校先后荣获郾城区书法特色学校、漯河市研学基地、全市百优党员教育基地、漯河市文明校园、全国爱国卫生运动教育基地……2022年,时隔30余年,因办学成果显著,郾城区政府再次给予学校通报表扬。

岁月不饶人,霜发证初心。他的脚步依然踏实稳健,他的思路依然敏捷清晰,他的笑容依然和蔼亲切。他用无悔的付出和无言的大爱诠释着爱生如子、爱校如家的高尚情怀。他曾说,作为一名共产党员,作为一名校长,自己永远不忘记作为教育家的使命和责任。信仰举过头顶,名利踩在脚下,他要把热爱教育的绵绵真情播撒在乡村原野之中,带领全体教师用臂膀为农村孩子撑起一片蓝天!

《教育家》杂志编辑部

# 高三励志诗四首

▼

## 每年这一天

每年这一天

我都无以言表

又胸中集满千言万语

在这三年时光里

无论你是贪玩淘气

还是刻苦努力

彬彬有礼

都展现出了应有的

青春活力

给母校留下了美好回忆

运动场上

永远飞奔着你矫健的身影

海棠书苑里

一直在飘荡着

同学们的欢声笑语

饭菜的香甜浸润到你纯真的笑容中
图书馆里
记下了你孜孜以求的
点点滴滴

每一年的这一天
我都闭目怀想
与你们的一次次谈话
你是否已经忘记
不管是批评
还是鼓励
都倾注着我的期望
还有几分严厉

每一年的这一天
我都会欢送你们步出校门
迎着止于至善的大红标语
稳健地走好
人生的每一个阶梯

2019 年 5 月 4 日

## 五点的早晨

五点的早晨
天很冷
水冰凉

但 600 分的成绩
却红得发烫
因为梦想
这一切的苦
都将换来别人羡慕的目光

踏破清晨的宁静
爆发青春力量
奔跑的速度
就是心中的渴望
鲜艳的录取通知书
是给五点的早晨
最好的奖赏

2020 年 12 月 6 日

# 冲吧，奔着理想
## ——致高三学子

时间如磨刀石
一千多个日夜的砥砺
把你们打磨至
锋利无比

自信的高三学子
早已整好行装
只待
奔赴战场

挥袂告别
何须恋恋不舍
揣好各自必杀绝技
手握沉稳
带着坚毅

默默告诫自己
冲吧，奔着理想
属于勇者的

永远

是胜利


2022 年 6 月 3 日

## 暴风雨

乌云密布

雷声阵阵

正在孕育新的生命

仰望苍穹

那片游走的云后

若隐若现的

不正是即将呈现的彩虹


听

那雷声

似号角

是冲锋

是蝶变的序幕

是重生的证明


墙角

一朵被狂风吓坏的狗尾巴花

瑟瑟发抖

再大的雷声

也难把装睡的灵魂

唤醒
再饱满的激情
也难以把
缺少风骨的躯干
支撑

让暴风雨来得更猛烈些吧
荡涤世间污浊
还来清清爽爽的姣容

2023 年 4 月 26 日

# 跋

当拿到学儒的书稿时，首先是被《育教于乐》的书名所吸引。想起与学儒相识时间不长，不能说是情深潭水，但也能感受到他不仅把工作当职业，更是把工作当事业在做，用自己的言行履行着教书育人的职责，践行着立德树人的使命，并从中找寻人生的快乐。他这种循循善诱的方法和乐于奉献的精神深深打动着我，使我十分敬佩学儒先生。

记得一部电影的台词是这样说的："当你把任何事情都想着做到极致，你终将会与众不同的"，学儒就是这样，在平凡的工作岗位上，在一个远离城区的农村学校，孜孜不倦，努力把平凡的教师工作往极致去做。他从基础教育教学的管理入手，悉心研究立德树人，积极探索基础教育发展道路，结合学生成长实际，大胆尝试，创新人才培养模式，抒发教育情怀，客观辩证地分析现实，把深奥的道理用易于接受的方式进行表达，用朴素的语言予以陈述，给教育者的履职提供参考，给家长的育子提供借鉴，为学生的自我认知提供帮助。

以上是我对王学儒先生《育教于乐》的读书感想，同时也希望从

事基础教育的同仁，有学生的家长们和正在学习的孩子们读一读，我
相信一定会有受益的。

杨健

于钟秀岭

杨健，河南信阳市人，信阳师范学院音乐学院原院长，硕士研究生导师。国际音乐教育协会（ISME）会员，中国音乐家协会会员，中国教育学会会员，河南省民族管弦乐协会理事。从事音乐教育四十余年。